Miele

Ein Charakterbild

Johannes Schlaf

copyright © 2022 Culturea éditions
Herausgeber: Culturea (34, Hérault)
Druck: BOD - In de Tarpen 42, Norderstedt (Deutschland)
Website: http://culturea.fr
Kontakt: infos@culturea.fr
ISBN:9782385084493
Veröffentlichungsdatum: November 2022
Layout und Design: https://reedsy.com/
Dieses Buch wurde mit der Schriftart Bauer Bodoni gesetzt.
Alle Rechte für alle Länder vorbehalten.
ER WIRT MIR GEBEN

1

Miele war fünfzehn Jahre alt geworden. Sie war ein schlankes, aber etwas blasses und mickriges Ding. Doch ihr Vater, ein kinderreicher Kossät in der Nähe von Apolda, erklärte ihr eines Tages, daß sie von jetzt ab selber für ihren Lebensunterhalt sorgen müßte.

Es dauerte auch nicht lange, so hatte er im Amtsblättchen eine Gelegenheit für sie gefunden. Da war eine verwitwete Frau Ökonomierat Behring in Weimar, Grunstedterstraße 26, die ein Mädchen zur Aufwartung suchte.

Miele, die schweigsamer Natur war, sagte zu der Sache weiter nichts als ihr »Ja–e« und zeigte weder Freude noch Betrübnis. Und am nächsten Morgen, nachdem ihr der Vater die Mitteilung gemacht hatte, legte sie in aller Frühe ihr Sonntagskleid an, setzte ihren Strohhut mit den Kornblumen auf, machte sich ein Bündelchen zurecht, sagte in ihrer einsilbigen Weise Eltern und Geschwistern Lebewohl und marschierte das Stündchen Weg von ihrem Heimatsdorf nach Apolda, wo sie auf dem Bahnhof den nächsten Zug nach Weimar abwartete.

Der Zug kam. Miele kletterte in ihre vierte Klasse hinein, und eine gute halbe Stunde darauf stolperte sie in Weimar mit ihrem Bündelchen aus dem Waggon heraus und machte sich auf die Suche nach der Grunstedterstraße und der Frau Ökonomierat Behring.

Es dauerte nicht lange, so stand Miele vor einem eisernen Gitterstaket, das einen Blumengarten gegen die Straße abschloß. In dem Hintergrund des Gartens aber stand ein feines Haus aus gelben Backsteinen und Verzierungen um die Fenster herum. Über der Tür war ein großer Engelskopf mit Flügeln über einem großen steinernen Schild, auf dem ein Spruch stand.

Miele bekam vor lauter Respekt Angst, aber schließlich faßte sie sich einen Mut, öffnete die Gittertür, und bald stapfte sie mit ihren schweren Lederschuhen zwei Treppen hinauf, die von oben bis unten mit einem bunten Tuch belegt waren. Und nun stand sie vor einer Tür mit einem kleinen lackierten Briefkasten, unter dem auf einem blankgeputzten Messingschild »Frau Henriette Behring« zu lesen war.

Unter Herzpochen tippte Miele auf ein weißes Porzellanknöpfchen, worauf sich sogleich ein helles Schrillen erhob.

Es dauerte eine Weile. Aber dann öffnete sich drinnen, wie Miele durch die Glasfenster sehen konnte, eine Tür. Es wurde hell, und eine kleine dicke Gestalt kam heran. Miele hörte, wie sie humpelte und fest und taktförmig mit einem Stocke aufstapfte.

Und nun öffnete sich die Tür, und eine kleine dicke Dame in einem schwarzen Kleid stand vor Miele. Die eine Hüfte war der kleinen Dame hoch und rund herausgewachsen, und die kleine runde Hand umpreßte derb die Krücke eines dicken Knotenstockes. Die feine alte Dame, die also die Frau Ökonomierat Behring war, hatte eine mächtige krumme Nase und Augen, die groß und rund wie Eulenaugen und von buschigen grauen Brauen überragt waren, und mit diesen Augen starrte sie Miele streng und fragend an.

»Gu'n Tag!« stammelte Miele.

Darauf erwiderte die Frau Ökonomierat zuerst ganz und gar nichts. Dann aber fragte sie plötzlich mit einer so mächtig tiefen Baßstimme, daß Miele zusammenfuhr: »Du kommst wohl wegen der Stelle?«

»Ja–e!« stotterte Miele leise.

»Hm!« brummte die Frau Ökonomierat, wieder erst nach einer Weile. »Na, da komm mal rein!«

Langsam und blöde folgte ihr Miele und trat hinter ihr in ein helles Zimmer.

Die Frau Ökonomierat humpelte auf einen großen Ledersessel zu, der an dem einen der beiden Fenster vor einem Nähtischchen stand, und ließ sich umständlich mit einem furchtbar sorgenvollen und geärgerten Gesicht nieder.

»Na, mache doch mal die Tür zu!« rief sie zornig mit ihrer grobschlächtigen Baßstimme, nachdem sie sich zurechtgerappelt hatte.

Miele hatte in ihrer Blödigkeit ganz vergessen, die Stubentür hinter sich zu schließen. Schnell drehte sie sich um und machte zu.

»Haste denn 'n Zeugnis?« fragte die Frau Ökonomierat jetzt beruhigter.

»Ja–e!« machte Miele eifrig.

Und flugs zog sie ein Kuvert aus ihrem Bündelchen hervor und kam von der Tür her, wo sie bis jetzt gestanden hatte, mit ihm zu der Frau Ökonomierat hinüber.

Die Frau Ökonomierat nahm Miele das Kuvert ab und langte sich mit grappsenden Fingerbewegungen ein dunkelgrünes, länglich schmales Lederfutteralchen vom Nähtisch her, aus dem sie eine Brille hervorzog. Umständlich und mit hochgezogenen Brauen setzte sie sich die Brille auf ihre mächtige, krumme Nase, öffnete das Kuvert und entfaltete das Papier, das darin stak.

Aber auf dem stand folgendes:

Ich bestätige gern, daß meine Konfirmandin Emilie Zabel ein ordentliches, akkurates, bescheidenes und arbeitsames Mädchen ist, und wünsche ihr in der Stellung, die sie antreten will, alles Glück.

O . . ., d. 15. Mai 1890. E. Nordmann, Pastor.

»Hm!« brummte die Frau Ökonomierat, nachdem sie diese Zeilen gelesen. »Also eine Stelle haste noch nich gehabt?«

»Nä!«

»Wie alt biste denn?«

»Sechzehn wer' ich nu.«

»Haste denn auch Kraft?« fragte die Frau Ökonomierat mit einem bedenklichen Blick.

»Ja–e!«

Miele mußte zu der Frau Ökonomierat hinkommen, die ihren Arm ergriff und ihn befühlte. Aber, sieh da! der dürre Arm hatte Muskeln, und es war zu merken, daß Miele schon schwere Arbeit getan hatte.

»Feinere Arbeit kannste wohl nich?«

»Ja–e! Stricke! – Oo nähe!«

»So! – Auch! Auch!« verbesserte die Frau Ökonomierat.

Miele verstand erst gar nicht. Aber dann wurde sie rot.

»Na, dann will ich dich annehmen. – Du hast dir da Sachen mitgebracht?« Die Frau Ökonomierat zeigte auf das Bündelchen.

»Ja–e!«

»Dann kannste also gleich bleiben. – Du kriegst von mir sechzig Mark das Jahr.«

Miele schwieg. Sie verstand kaum, was das bedeutete. Sie hatte nur begriffen, daß sie angenommen war, und daß sie nun an die Arbeit gehn müßte. Sie verfolgte im übrigen nur immer respektvoll jede Bewegung der Frau Ökonomierat. Sie starrte auf das feine schwarze Tuchkleid, auf das weiße Halskrägelchen mit der Elfenbeinbrosche vorn dran, auf das graue Spitzenhäubchen mit der violetten Schleife, die beiden funkelnden Goldringe an der rechten Hand, auf die große, krumme Nase, die graubuschigen, großen, runden Eulenaugen, die roten Backen mit ihren Fältchen und den großen, zerknitterten und grillig zusammengekniffenen Mund. Aber auch den Krückstock nahm die gescheite Miele wahr und die mächtige, einförmig herausgewachsene Hüfte.

»Na, biste denn auch einverstanden?! Da sprich doch! Was stehste denn da und gaffst?!«

»Ja—e! Ich bin einverstande!« beeilte Miele sich zu sagen.

2

Miele schlief in einem schmalen Kämmerchen neben der Küche, das durch eine kleine Tapetentür mit dieser verbunden war. Sie erwachte am nächsten Morgen gegen sechs Uhr. Das Kämmerchen war schon voller Morgensonne. Verbiestert und ganz erschrocken war Miele in die Höhe gefahren, hatte sich halb aufgerichtet und umhergestarrt. Sie dachte, sie wäre zu Hause in ihrem Heubodenkämmerchen und müßte an ihre tägliche Arbeit gehen. Aber da fühlte sie, daß sie ja nicht auf einem Strohsack, sondern auf einer Matratze lag, und kam zu sich.

»Frau Ökonomierat Behring!« flüsterte sie langsam und fast buchstabierend ausdrücklich vor sich hin. Und dann fuhr sie schnell mit ihren mageren Beinen aus dem Bett, setzte sich auf die Kante, ihre langen, dichten, aschblonden Haare, die sich ihr über Nacht aufgelöst hatten, aus ihrem mageren Gesicht, aus Schläfen, Augen und Stirn streichend und über ihre hageren, weißen Schultern hinter auf ihren schmalen Rücken werfend.

Bald war sie angekleidet und hatte sich gewaschen, auch eine Küchenschürze aus ihrem Bündelchen hervorgeholt und sich vorgebunden und betrat nun die Küche, wo sie sich sogleich an alles erinnerte, was die Frau Ökonomierat ihr gestern noch gezeigt und ihr über die Arbeit gesagt hatte, die den Tag über zu verrichten war.

Zunächst ging sie, leise, damit sie die Frau Ökonomierat drin in ihrem Schlafzimmer nicht störe, ins Entree hinaus, wo sie die Tür öffnete. Hier fand sie am Türknopf den Frühstücksbeutel hängen, und unten lag die Zeitung und stand der Milchtopf. Mit alledem begab sie sich leise wieder in die Küche zurück. Hier machte sie im Herde Feuer an, ließ die Kaffeekasserole an der Wasserleitung voll Wasser laufen, deckte wieder ordentlich den Deckel drauf und setzte sie auf das Feuer. Dann war das Schuhwerk zu putzen, und dann ging's mit dem Schrubber an die Stube und das Entree. Gegen Ende dieser Arbeit, unter welcher sie auch auf den in der Küche werdenden Kaffee achtete, hörte sie, wie die Frau Ökonomierat, die selber schon jeden Morgen bald nach sieben Uhr sich erhob, drin in ihrer Schlafstube sich räusperte, gähnte, hustete und mit ihrer Baßstimme alles mögliche vor sich hinbrummte.

Als Miele ihrer Herrin nachher den Frühkaffee in die Stube gebracht hatte und wieder in ihrer Küche war, tat sie folgendes. Sie brühte sich von dem Kaffeesatz noch einmal zwei Tassen ab, zu denen sie eins von den Doppelbrötchen aus Weizen und Roggenmehl, die in Weimar »Ricklinge« genannt werden, in trocknem Zustand aß, während sie sich in ihren dünnen Kaffee etwas Milch zuschüttete. Sie nahm dabei auf dem Holzstuhl zwischen Küchentisch und Küchenschrank Platz, der für alle Zukunft ihr Platz blieb, wie diese Zurichtung ihr Frühkaffee.

Als Miele mit ihrem Frühkaffee zu Ende war, begab sie sich wieder nach vorn zu der Frau Ökonomierat, die jetzt bei der Lektüre ihrer Zeitung war.

Eine Weile stand sie bei der Tür, weil sie nicht stören wollte, aber dann faßte sie sich endlich ein Herz und fragte: »Sill ich Wage gieh?«

»Was?!« fuhr die Frau Ökonomierat gegen sie herum.

»Eb' ich Wage gieh sill? Einhole gieh?« wiederholte Miele ängstlich.

»Was?!« rief die Frau Ökonomierat noch einmal. »Frau Rat heißt's, Frau Rat, Bauerntrine! Mer red't e' Menschen an, wie sich's gehört! Sag's noch mal!«

»Eb' ich Wage gieh sill, Frau Rat?«

»Eb' ich Wage gieh sill! Was ist denn das für 'ne Sprache, he? Hier sind wir in der Stadt; in der Residenzstadt sind wir hier, gefälligst! Hier wohnt der Großherzog! Hier red't der Mensch deutsch, aber nich' wie 'ne Kuhkatrinelche. Es heißt: Ich wollte fragen, Frau Rat, ob ich Wege gehn soll. – Noch mal!«

»Ich wollte fragen, Frau Rat, ob ich Wege gehn soll?« wiederholte Miele sofort und wie aus der Pistole geschossen.

»Hm! – Nu' merk dir das. Du hast doch in der Schule deutsch sprechen gelernt. Un' hibsch flink und deutlich und gescheit muß e' junges Mädchen sprechen, un' nich' so e' Gemähre da, so kimmste heite nich', denn kimmste morgen! – Haste verstanden?«

»Ja–e!«

»Hm! – Na, denn paß auf. Beim Fleischer holst du zwei Hammelnieren. – Hammelnieren! Partout keine anderen! – Für die Suppe! – Und ein Pfund schieres – *schieres!!* – Rindfleisch. Ich lasse beim Fleischer Müller in der Junkerstraße holen. Hier 'n Stick de Grunstedter 'nauf. – Dann gehste zum Gemüsemann, der gleich neben Müller wohnt, und holst für zwanzig Pfennig junge Karotten, für fünf Pfennig Petersilie, drei Bund Radieschen und zwei Pfund Kartoffeln. Haste gehört?«

»Ja–e!«

»Sag's noch mal!«

Und Miele sagte es noch mal und ließ nichts aus.

Darauf krabbelte die Frau Ökonomierat ihr Portemonnaie vor und reichte Miele einen Taler hin, mit dem Miele sich in ihre Küche zurückzog, wo sie den Einholkorb von der Wand nahm und sich auf den Weg machte.

Beim Fleischer, der sie für dumm hielt und ihr durchaus ein Stück Fleisch mit einem Fettstreif geben wollte, hielt Miele sich dermaßen hartnäckig an ihre Instruktion, daß nichts zu machen war. Sie starrte trotz aller Worte, die der Meister machte, und trotzdem er schließlich sogar grob wurde, nur immer steif und stumm, ohne es irgendwie zu berühren, das Stück Fleisch an, das vor ihr auf der Marmorplatte des Ladentisches lag, und sagte nur immer, wenn der Meister mal aufhörte: »Nä, schieres!«

Und so bekam sie richtig ein prächtiges, schieres Stück Fleisch.

Am Nachmittag mußte Miele den Kaffee kochen und ihn der Frau Ökonomierat hinunter in den Garten tragen, wo sie einen bestimmten Platz gemietet hatte. Hier saß die Frau Ökonomierat, häkelte und trank in der schönen Frühlingssonne zwischen all den schönen Rosen und anderen Blumen ihren Kaffee.

Miele ihrerseits bekam von ihr Erlaubnis, auf die Post zu gehen und dort ihren Eltern eine Karte zu schreiben.

Mit großen, aber hübschen, gewissenhaft deutlichen und sauberen Buchstaben schrieb sie:

»Liebe Mutter, ich teile euch mit, das ich die Stelle bei der Frau Oeconomieräten Behring gekriegt habe und kennt ihr mir nun die Lade schicken mit meinen Sachen. Aber balde weil ich keine Sachen habe. Ich mus schliessen weil ich gleich wieder zu Hause mus, ich schreibe diese Karte nemlich in der Post. Die Adresse ist Grunstedterstraße 26 die zweite Treppe bei Frau verwittwete Oeconomieräten Henerjette Behring, indem ich euch alle grüsse.

Deine Dich liebende Dochder

Emilie Zabel.«

3

Am übernächsten Tag kam ihr Vater über Apolda nach Weimar und brachte auf seinem Kuhwagen, die Gelegenheit einer andern Besorgung benutzend, Miele die Lade mit ihren Sachen. Er wurde von der Frau Ökonomierat in die Stube geholt, wo die beiden eine ganze Zeitlang miteinander sprachen.

Als ihr Vater nachher beim Abschied mit Miele allein war, sagte er ganz begeistert: »Daß du mer ja nich' etwan narr'sch bist! Das is hie' gar anne gute Stellung. Die mußt du dir warm halte, die Fra!«

An diesem Tag war Miele wunderlich zumute gewesen, und sie hatte es mit einem tüchtigen Heimweh gehabt; und als sie sich am Abend in ihr Bett legte, hatte es sie sogar so gepackt, daß sie in ihr Kopfkissen hinein weinte. Es sollte übrigens das letztemal gewesen sein, daß Miele ihren Vater sah.

Mit solchen Anfällen hatte es Miele in der nächsten Zeit noch ein paarmal. Aber dann hatte sie sich gewöhnt und eingelebt.

Bald kannte sie in der Wohnung jedes Eckchen und Fleckchen.

In der guten Stube aber gab es etwas Besonderes für Miele. Das war ein Ofenschirm mit einem vergoldeten Rahmen, der vor dem grünen Kachelofen stand. Er bestand aus einer großen Stickerei. Unter einem Busche mit vielen schönen Rosen lag eine Dame mit einer mächtig hochgebauschten weißen Haarfrisur, in der eine dunkelrote Rose stak. Die Dame hatte eine Wespentaille und ein mächtiges Bauschkleid, wie eine große Glocke mit lauter Falbeln, unter denen unten ein Paar zierliche Füßchen in rosafarbenen Schuhchen mit Rosetten auf dem Spann hervorsahen. Die Dame kraulte mit ihren zarten rosigen Fingern das schneeweiße Fell eines Lämmchens, das neben ihr stand. Sie blickte dabei aber über einen ausgespannten bunten Fächer weg zu einem Herrn in die Höhe, der zu ihr niederblickte und ihr etwas auf der Flöte vorspielte. Der Herr hatte einen dreieckigen Hut mit goldigem Spitzenbesatz auf einer ganz merkwürdigen weißen Haartour mit Ringellocken über den Ohren und einem Zopf, der hinten auf einen orangegelben Schoßrock niederhing. Er hatte eine himmelblaue Kniehose an, lange weißseidene Strümpfe und Schnallenschuhe, und unter seinem weiten Rockschoß stak schräg ein schmaler Degen hervor. Über dem Busch, dem Herrn, der Dame und dem weißen Lämmchen aber spannte sich ein schöner blauer Himmel mit allerliebsten weißen Schäfchenwölkchen.

Wenn Miele in der guten Stube aufzuräumen hatte, so war es für sie ein Fest, sich vor den Ofenschirm hinzuhocken, das schöne Bild zu betrachten und ganz genau zu studieren und zu staunen, wie es aus unzähligen zierlichen kleinen Woll- und Seidenstichen zusammengesetzt war.

Der Schirm und diese Andacht, die Miele vor ihm hielt, sollte für sie später noch von großer Wichtigkeit werden.

Im übrigen war und blieb Miele hier bei ihrer Frau Ökonomierat mutterseelenallein. Von einem Ausgehen war gar keine Rede. Sie machte nur die täglichen Einkäufe und besorgte der Frau Ökonomierat hin und wieder in der Stadt eine Bestellung. Geld von ihrem Lohn bekam Miele nicht einen Pfennig zu sehen. Die Frau Ökonomierat tat den Lohn immer für sie weg.

Aber bei alledem war Miele weder bei guter noch bei schlechter Stimmung. Genau und regelmäßig und ohne jemals zu murren, verrichtete sie ihre tägliche Arbeit. Zuweilen aber kam es wohl vor, daß sie, wenn die Frühlingssonne nachmittags so recht schön hell und warm in ihre saubere Küche schien, beim Geschirrwaschen sich ein Lied sang; entweder »Drei Lilien, drei

Lilien«, oder »Im schönsten Wiesengrunde«, oder »Von der Wanderschaft zurück«, oder »Guter Mond«, »Wer hat die schönsten Schäfchen«, »Im grünen Gras, im weißen Klee«, oder sonst etwas derart.

Aber ihre Herrin mochte das nicht leiden.

»Singe du doch deine ewigen, alten, mährigen Lieder da!« fuhr sie Miele eines Tages an. »Was ist denn das mit einem Male für 'ne neue Mode!«

Miele hatte darauf kein Wort erwidert. Aber sie sang von da an nicht wieder.

Doch fand sie eine andere Unterhaltung, wenn sie spätnachmittags eine freie Stunde hatte. Nämlich sie setzte sich an das Küchenfenster und beobachtete, was auf der Straße los war. Und da gab es immer etwas zu sehen. Es war für Miele ein richtiges Theater. – Wenn aber mal eine Dame, irgend so eine Engländerin, oder eine junge Malerin, wie sie hier in der Gegend wohnten, mit einem recht merkwürdigen Hutaufputz vorbeikam, dann konnte Miele sich in aller Stille über sie »scheck'g« lachen.

Es versteht sich, daß sie täglich bei ihren Einkäufen mit anderen Mädchen zusammentraf. Von denen erfuhr sie nun zwar alle möglichen interessanten Dinge. Was ihre Herrschaften für Leute wären, wie sie sie »beschummelten«, oder sie erzählten von ihren »Schätzen« und ihren Sonntagsausgängen, oder was sie alles zu Weihnachten verlangten, und wer weiß was alles dergleichen.

Miele hörte es sich ganz genau mit an. Alles. – Aber sie verstand nicht das mindeste davon. Sie hatte für ihr Teil bei alledem nur ihr »Ja–e« und »Nä«. – Sie fand die Mädchen dumm und alfanzerig. Wenn sie aber etwas hörte, was ihr interessant und wissenswert war, so behielt sie es ganz genau.

Was die Frau Ökonomierat anbetraf, so war sie tagaus tagein grob, polterte, war griesgrämig und schlechter Laune, war niemals freundlich, lobte niemals und schalt, wo und wie sie konnte; trotzdem aber fühlte Miele sich ganz und gar nicht unglücklich bei ihr.

Zuweilen ging die Frau Ökonomierat mit Miele einkaufen. Auf den Wochenmarkt, oder in ein großes Geschäft in der Stadt. Oder Miele mußte sie wohl auch mal begleiten, wenn die Frau Ökonomierat einen Besuch machte, oder mußte sie bei solcher Gelegenheit abholen.

Mitte Oktober gingen sie eines Sonnabends beide miteinander auf den Zwiebelmarkt. Vorauf die Frau Ökonomierat mit einer schwarzen Mantille und einem dunklen Strohhut, der dunkle Spitzen und eine violette Blumendolde hatte, hinterher getreulich Miele mit einem großmächtigen Einholekorb an ihrem dürren Arm.

Stumm schritten sie miteinander hinter dem Hoftheater weg und bogen dann um das gelbe Wittumspalais herum in die Schillerstraße ein, wo der Zwiebelmarkt jedes Jahr um diese Zeit stattfindet. Die Straßen waren noch feucht und grau von einem herbstlichen Vormittagsnebel.

An den äußeren Rändern der breiten, glatten Trottoirs bis auf den Fahrdamm hinab waren die ganze Länge der Straße herunter, an dem Brunnen mit dem Gänsemännchen, wie an dem Schillerhause vorbei, große kunstvoll runde Pyramiden von gelben und dunkelroten Zwiebeln aufgeschichtet, auch Haufen von weißen Knoblauchknollen und grünen Schlotzwiebeln, braungraue Pyramiden von Selleriekörpfen mit ihrem dunkelgrünen Kraut, Haufen von Weißkohlköpfen, Meerrettichen, roten Mohrrüben und Majoranbündeln. Die ganze Straße war von der kräftig herzhaften Würze all der Gerüche erfüllt, die von Sellerie, Zwiebeln, und vor allem von den vielen Majoranbündeln ausgingen. Und morgen war Sonntag, der sogenannte

»Zippelsonntag«, wo es in ganz Weimar Zwiebelkuchen gibt. Auch die Frau Ökonomierat wollte welchen backen.

Bei jedem der Stände saßen Bauersfrauen oder Bauern, die die Gemüse und Zwiebeln verkauften. Stroh lag umher und abgeschnittenes Mohrrüben und Selleriekraut. Und der Fahrdamm und die Trottoirs wimmelten von Käufern, so daß man ordentlich ins Gedränge kam. Da waren Gastwirte und Fleischer, Gemüsekleinhändler. Da waren unter kleinen Leuten und Bürgerfrauen selbst vornehme Damen, von ihrer Bedienung begleitet, um hier Einkäufe zu machen; genau so, wie auch alle Welt den zu gleicher Zeit stattfindenden Topfmarkt besucht, der seinen Stand bei der Stadtkirche und auf dem unteren Anger hat.

Die Frau Ökonomierat tauchte mit Miele sogleich in diesen Trubel hinein. Sie humpelte das Trottoir hinunter und ließ ihre strengen, grauüberbuschten Eulenaugen sachverständig und mürrisch prüfend an all den Gemüsestapeln und Pyramiden hingehen. Dann trat sie an einen der Stände heran und betrachtete abwechselnd den Weißkohl und die mächtige Zwiebelpyramide. Endlich reckte sie ihre Hand aus und kniff in einen der Kohlköpfe hinein und dann in einen anderen und wieder in einen anderen.

Miele, die das so verwundert wie respektvoll beobachtete, richtete einen besorgten Blick auf die Verkäufer.

Das waren zwei dicke Frauen. Die eine saß auf einem Schemel, die andere auf einer umgekippten Tragekiepe. Die auf der Kiepe saß, hielt einen Topf mit warmem Milchkaffee mit beiden Händen umschlossen, aus dem ihr ein warmer Rauch gegen ihr wampiges, blaurotes Gesicht aufstieg. Auf ihrem dicken Schoß lag ein großer Kant von dickem Kuchen. Den nahm sie jetzt und stippte ihn langsam in den Topf.

Endlich, als die Frau Ökonomierat immer noch an den Kohlköpfen herumkniff, blickte aber die andere Frau dann doch herüber. Eine Weile guckte sie der Frau Ökonomierat zu, erst ganz phlegmatisch. Mit einem Male aber lachte sie und fragte: »Die Köppe sin' nur scheene! Will die gnäd'ge Frau was koofe?«

Miele blickte ängstlich ihre Herrin an.

Die antwortete nicht ein Wort, machte ihr griesgrämiges Gesicht und kniff erst noch einmal in einen von den Weißkohlköpfen hinein; plötzlich aber machte sie einen langen Hals, lugte mit streng prüfenden Augen eine Weile nach einem Stand auf der anderen Seite der Straße hinüber und zwängte sich dann auf den Fahrdamm hinab, den sie überschritt, um sich zu dem Stand hinüber zu begeben.

Miele folgte, förmlich zitternd und scheuen Blickes, mit ihrem großen Korbe ihrer Herrin genau auf dem Fuße.

Jetzt wurde Schau und Prüfung bei dem neuen Stand fortgesetzt.

Hatte bisher ein prächtiger Blumenladen und das Schaufenster einer Buch- und Kunsthandlung zugeschaut, so hier das Fensterchen des Schillerhauses gleich links neben dem Eingang, hinter dessen Scheiben eine große Gipsbüste Friedrich Schillers, eine Gipsminiatur des Doppeldenkmals vor dem Hoftheater, eine Maske Schillers und eine Goethes, gruselig abgeschnitten auch ein paar weiße Gipshände von Goethe und Schiller und die Hand Schillers mit Lottens Händchen verschränkt in die Majorandünste, in das Schleifen, Trappeln, Summen, Schwatzen, Schreien und Lachen der Marktmenge hineinblickten.

Bei diesem Stand saß diesmal eine hübsche, freundliche und manierliche junge Bäuerin in einem sauberen Kleid, die der Madame höflich aufmerksam entgegenblickte. Die Frau Ökonomierat machte sich sogleich wieder an die Kohlköpfe.

»Sie sind diesmal sehr schön un' billig, gnäd'ge Frau,« sagte das Frauchen.

Die Frau Ökonomierat starrte das Frauchen einen Augenblick mit ihren buschischen Eulenaugen an. Dann aber wandte sie sich, ohne ein Wort zu erwidern, zu der Zwiebelpyramide, nahm eins von den langen Strohgebinden in die Höhe, hielt es steif vor sich hin und musterte es, indem sie es langsam sich im Kreise drehen ließ.

»Da fehl'n aber e' paar!« rief sie.

Miele guckte sofort erschrocken nach dem Gebinde hin. Ja! Ganz oben. – Ein paar ganz kleine. Denn oben waren die kleinen, in der Mitte die größeren und unten die ganz großen Zwiebeln.

»Ach, nur oben! – E' paar ganz kleene!« entschuldigte das Frauchen mit einem begütigenden Lächeln. »Das kömmt vor. – Aber 's sin' ja gottlob noch genung andere da!« scherzte sie.

Die Frau Ökonomierat brummte etwas vor sich hin und nahm, nachdem sie das Gebinde wieder auf die Pyramide gelegt hatte, ein anderes. »Un' was kosten se?« fragte sie streng, ohne das Frauchen anzublicken, das neue Gebinde nur nach allen Seiten beguckend.

»Ganze fünfundvierzig Pfenn'ge zwei Gebinde, gnäd'ge Frau.«

»Fünfun'vierz'g?! Was ist denn das für e' Preis?

»Vierz'g!«

Die junge Frau schwieg, indem sie die Frau Ökonomierat lächelnd und belustigt anblickte. Aber diese packte das Gebinde und dann noch drei andere ohne weiteres Mielen in den Korb und knurrte: »Na, halt' ordentlich!« Worauf Miele ihr den Korb mit respektvollem Eifer hinhielt.

Die junge Frau, die das alles lächelnd beobachtet hatte, sagte: »Na, dann woll'n mer denn meintwegen vierz'g sagen.«

»Hm!« brummte die Frau Ökonomierat, ohne dabei eine Miene zu verziehen. »Also die viere zusammen fünfun'siebz'g Pfenn'ge.«

»Nee, gnäd'ge Frau, das könnt'ch denn schon beim besten Willen nich!«

Na, da war denn nun doch nichts zu machen. Also die Frau Ökonomierat kaufte die vier Gebinde zu dem verlangten Preis. Miele atmete auf. Diesmal kauft sie, dachte sie ganz ernsthaft und erleichtert. Deswegen, weil die Frau gut ist.

Es wanderten jetzt nach und nach, nach genauester Prüfung und Auswahl, noch vier Weißkohlköpfe, drei Meerrettichstangen, zwei große Sellerieköpfe, ein Bund Mohrrüben und je ein Bündchen Schwarzwurzel und Majoran in den Korb zu den vier Zwiebelgebinden.

Der Handel war abgeschlossen, und die Frau Ökonomierat humpelte jetzt durch das Menschengetriebe langsam wieder die Straße hinauf auf das Wittumspalais zu, um den Heimweg anzutreten.

Miele schleppte stumm und blaß vor Anstrengung, mit weiten Augen starrend und von ihm ganz schief gezogen, den schweren Korb hinter ihrer Herrin her.

Sie mochten nun aber etwa zwanzig Schritte gegangen sein, als dennoch etwas Unerwartetes geschah. Nämlich die Frau Ökonomierat blieb plötzlich stehen und blickte sich mit ihrem mürrischen Gesicht nach Miele um, die, ganz verschieft und ein bißchen wankend und den schweren Korb mit beiden Armen krampfhaft vor sich herschleppend, ankam und die Augen aufmerksam und angestrengt fragend auf ihre Herrin richtete, weil sie dachte, die Frau Ökonomierat wollte ihr etwas sagen.

Aber da sagte diese, nachdem sie Miele bis zu sich hatte herankommen lassen: »Na, nimm 'n mal runter!«

Miele guckte. Sie verstand gar nicht.

»Den Korb!! Vom Arme sollst 'n 'runter nehm'n!«

Miele tat's und setzte ihn auf das Trottoir. Die Frau Ökonomierat aber rief: »Faß drüben an!«

Miele tat es. Und die Frau Ökonomierat faßte an der anderen Henkelseite an. Sie hoben den Korb und trugen ihn nun zusammen bis nach Hause.

Die Frau Ökonomierat hilft mir mit tragen? dachte Miele ganz verwundert und verwirrt.

4

Noch an demselben Tage, gleich nach dem Mittagessen, buk die Frau Ökonomierat einen Zwiebelkuchen, den Miele gegen Abend auf einem großen runden Kuchenblech in die Bäckerei tragen mußte. Sie hatte der Frau Ökonomierat zur Hand gehen müssen und hatte so genau aufgepaßt, daß sie sich nun selbst Zwiebelkuchen zu backen getraute, ohne daß sie nur ein Wort miteinander darüber gesprochen hatten.

Am nächsten Morgen, der ein Sonntagmorgen war, holte Miele in aller Frühe den noch heißen Kuchen aus der Bäckerei. Sie bekam von ihrer Herrin ein schönes Stück davon, das sie mit großem Vergnügen in ihrem Winkel zwischen Tisch und Schrank zu ihrem Morgenkaffee verzehrte.

Ein Monat verging. Nachmittags saß Miele manchmal, wenn sie freie Zeit hatte, am Küchenfenster und genoß ihr Straßentheater. Eines Tages aber hatte die Frau Ökonomierat gesagt: »Was sitzt du denn da eigentlich an dem Fenster 'rum? Tu was! Beschäftige dich!«

Miele hatte ein erschrockenes und zugleich ratloses Gesicht gemacht.

»Kannst du stricken?« hatte die Frau Ökonomierat weiter gefragt.

»Ja–e!«

»Na, da stricke Strümpfe, wenn du hier sitzst! Ich habe Wolle.«

Und seitdem hatte Miele getreulich und auch wirklich sehr sauber und geschickt in ihren Freistunden, und zwar für die Frau Ökonomierat, nicht für sich, Strümpfe gestrickt.

Noch in demselben Monat nun aber ereignete sich wieder etwas Besonderes.

Eines Sonntagmorgens nämlich sagte die Frau Ökonomierat zu Miele: »Du lebst ja hier wie ein Heide! Du bist ja noch nicht e' einz'ges Mal in die Kirche gekommen, he?«

Schuldbewußt und tieferschrocken starrte Miele die Frau Ökonomierat an.

»Na, zieh dich an! Du kannst heute mal mit mir in die Kirche gehen!«

Miele war erst ganz verdutzt und kopfverdreht. Mit der Frau Ökonomierat sollte sie in die Kirche gehen? Mit ihr selber, als ob sie ihresgleichen wäre?

»Na, mache, mache, mache! Steh nich' erst lange da, wie 'ne Gans, wenn's donnert!«

Sofort machte Miele eilig kehrt und begab sich in ihr Kämmerchen. Sie hatte ihr schwarzes Konfirmationskleid da und besaß auch einen Sonntagshut. Sie zog das Kleid an, setzte den Hut auf und versäumte auch nicht, ein weißes Kräuschen um den Hals zu tun. Sie nahm sich in diesem Staat wirklich recht schmuck und ordentlich stadtmäßig aus.

Schweigend und in andächtiger Haltung humpelte die Frau Ökonomierat darauf durch die sonntäglich stillen Straßen mit Miele zur Stadtkirche.

Solch eine große Kirche hatte Miele wohl gelegentlich schon in Apolda gesehen, aber nur von außen. Auch stand dort nicht so ein schönes, großes, schwarzes Denkmal davor wie hier; so ein großer Mann mit einem langen, faltigen Mantel übergeworfen und eine Papierrolle in der Hand.

Miele wußte gar nicht, wie sie sich vorkam. Auch ihre Herrin machte sie ganz benommen. Sie hatte ihren besonderen Sonntagsstaat angetan und hatte eine schöne goldene Brosche vorn am Halskragen. Und vor allem hatte sie heute so ein ernstes und nachdenkliches Gesicht, während sie sonst immer so brummig und grillig aussah.

Als sie dann aber in die Kirche eintraten, stand Miele vor Staunen, Ehrfurcht und Benommenheit fast der Atem still. Das war wahrhaftig ganz was anderes als die kleine Dorfkirche zu Hause! Das Genick tat einem weh, wenn man bis oben an die runde Decke und an den mächtigen Steinwänden hinaufsehen wollte. Und wie still und kühl und schattig es war! – Aber durch Fenster, so hoch und feierlich, wie Miele noch nie in ihrem Leben welche gesehen hatte, und die von oben bis unten eine einzige Pracht von buntem Glas in verschiedenen herrlichen Farben mit Ranken, Blumen und großen Figuren waren, drang von draußen die Sonne herein, so daß sich lauter lange bunte Lichtstreifen in den feierlichen kühlen Schatten und die andachtsvolle Stille legten.

Die Frau Ökonomierat ging andächtig, ernst und still, gesenkten Hauptes mit Miele zwischen den langen Reihen der braunen Kirchstühle hin, bis sie in einen von den Stühlen einbog und sich still mit Miele niederließ. Darauf faltete sie die Hände, an denen sie schwarze Glacéhandschuhe trug, um ihr Gesangbuch, bog den Kopf nach vorn und betete, wobei sie die Lippen bewegte.

Vor lauter Verwirrung und Benommenheit konnte Miele zwar nicht beten, aber sie faltete dennoch, ihre Herrin nicht aus dem Auge lassend, gleichfalls die Hände und blickte so lange auf sie nieder, bis sie hörte, wie die Frau Ökonomierat ein langsames deutliches »Amen!« flüsterte, worauf die Frau Ökonomierat sich räusperte und mit ihrem schneeweißen Taschentuch, das nach Eau de Cologne duftete, an ihrer großen krummen Nase schnaubte, um dann hierhin und dorthin nach den Leuten umherzublicken und ein paarmal jemandem still zuzunicken.

Miele aber richtete jetzt ihre Blicke gerade nach vorn, wo sich, von goldgelben Sonnenstrahlen und langenregenbogenbunten Streifen beschienen, mächtig und feierlich der Altar erhob, mit einem großen, dunklen, ehernen Kruzifix und einem großen, schönen Bilde, aus dem der Heiland am Kreuz hervorsah mit vielen bunten Gestalten unten um das Kreuz herum, unter denen auch ein schönes, schneeweißes Lamm war. Und auf beiden Seiten knieten gemalte Ritter und Rittersfrauen.

Plötzlich aber zuckte Miele, die sich ganz in den Anblick des schönen großen Bildes verloren hatte, zusammen. Hinter ihr, hoch oben auf dem Chor, hatte eben gewaltig die mächtige Orgel eingesetzt. Und die jubelte und brauste durch die ganze großmächtige Kirche hin, an den hohen Steinsäulen, Pfeilern und Wänden hin widerhallend. Und dann wurde der Choral gesungen.

Als der Choral gesungen war, trat der Herr Pastor in seinen schneeweißen Haaren und seinem mächtigen schneeweißen Vollbart, der ihm vorn auf seinen schwarzen Talar niederfiel, an den Altar, und die Liturgie begann.

So etwas Wunderbares aber hatte Miele noch nie gehört. Es war gerade so, als ob mit einem Male die Engel im Himmel selber sängen. Denn plötzlich wurde oben auf dem Chor ein ganz unbeschreiblich schöner Gesang von Männerstimmen und Jungensstimmen angestimmt. So hell, klar und deutlich, daß es gar nicht zu sagen war. Dieser herrliche Gesang drang Miele so tief zu Herzen, daß sie ihn von da an nie wieder vergaß.

Auch auf die Predigt merkte sie dann ganz genau auf.

Als sie später wieder zu Hause waren und Miele der Frau Ökonomierat beim Sonntagsbraten zur Hand ging, hatte sie dann auch richtig ein Examen zu bestehen.

»Nu, he? Sage mal, du!« fing die Frau Ökonomierat an. »Mit biste ja nun gewesen. Haste denn aber auch was behalten? Wie?«

Miele schwieg.

»Na, guck ein'n nur nich' immer so dumm an! Ob du was behalten hast? Haste denn nich' verstanden?«

»Ja–e!« machte Miele zaghaft.

»Na, was haste denn behalten?«

»Das Lied.«

»Was denn für e' Lied?«

»Was sie gesungen haben, oben bei der Orgel.«

»Ach so! – Die Motette. – Motette heißt das. – Na, und wie hieß denn der Text?«

Miele schwieg erst wieder ein Weilchen. Sie traute es sich nicht zu sagen. Sie konnte es gar nicht aus der Kehle herauskriegen.

Aber die Frau Ökonomierat wurde ungeduldig. Und nun betete Miele den Text her wie eine Schullektion.

»Na, und über was hat der Herr Pastor gesprochen?«

»Über die sieben klugen und sieben törichten Jungfrauen.«

Und auch darüber wußte Miele genauen Bescheid zu geben. Sie hatte sogar ein paar Stellen aus der Predigt behalten.

Da geschah etwas, was noch nie geschehen war. Die Frau Ökonomierat lachte. Und dann sagte sie: »Nu? Un' was bist du denn für 'ne Jungfrau?«

Miele schwieg. Sie blickte die Frau Ökonomierat nur an und lächelte unsicher. Die aber rief mit ihrer Baßstimme, mit einem Male wieder ganz brummig und zornig: »'ne törichte natürlich! 'ne törichte, 'ne törichte! Beileibe! – Verstehste?«

Hu, was sie für ein Paar Augen machte!

Miele merkte, daß man nicht mitlachen durfte, wenn die Frau Ökonomierat bei guter Laune war.

5

Einmal hatte die Frau Ökonomierat Miele mit in die Kirche genommen. Das tat sie freilich nicht wieder. Sie ging nun wieder allein in die Kirche. Fast jeden Sonntag. Miele bekam aber von jetzt ab jeden Monat einmal Erlaubnis, in die Kirche gehen zu dürfen, und auch an jedem Festtag. Jedesmal fühlte Miele sich dort wie im Himmel, und es wurde ihr eine große Freude und ein festes, gewohntes Bedürfnis.

Wochen gingen nun wieder in der täglich gewohnten Weise hin. Wochen, in denen die Frau Ökonomierat und Miele nicht ein Wort über das Allernotwendigste hinaus wechselten.

In ihrer Freizeit strickte Miele nach wie vor von der Wolle, die sie dazu bekam, für ihre Herrin Strümpfe.

Eines Nachmittags geschah es, daß sie ihr ein wieder fertig gewordenes Paar sauber aufeinandergelegt in die Stube brachte. Die Frau Ökonomierat nahm die Strümpfe in die Hand, betrachtete sie durch ihre große Brille sehr genau, zog sie in die Länge und Breite und prüfte, ob auch alle Maschen fest waren. Aber es gab nichts daran zu tadeln. Doch hatte sie, wie immer in solchen Fällen, für Miele kein Lob.

Aber in dem Augenblicke, wo Miele schon die Hand auf die Türklinke legte, rief die Frau Ökonomierat: »Na, wo willste denn hin?!«

»In die Küche!« antwortete Miele verwundert und nahm hastig die Hand von der Türklinke.

»In die Küche? – Na, das wer' ich wohl wissen! Hier sollste bleiben, mein' ich natürlich!«

Die Frau Ökonomierat war wieder mal sehr schlechter Laune. Aber sie war, während sie die Strümpfe prüfend in die Länge und Breite zog, auf eine Idee gekommen. Vielleicht könnte Miele ihr vorlesen. – Die Frau Ökonomierat las gern in einer illustrierten Zeitschrift, auf die sie abonniert war. Aber erstens strengte sie das jetzt bei Licht zu sehr an, und anderseits arbeitete sie seit ein paar Tagen an einer Weihnachtsstickerei. Ihr jüngster Sohn, der in Jena Oberlehrer an einer höheren Schule war, sollte diese Stickerei, ein Paar Hausschuhe, zu Weihnachten bekommen.

»Sage mal, kannst du denn lesen?«

»Ja–e?!«

»Kannste denn auch gut lesen?«

Miele schwieg. Denn das wußte sie ja selber nicht.

»Na, komm mal her un' probier' mal!«

Miele kam wieder zu dem Tischchen hin, wo ihr die Frau Ökonomierat die Zeitschrift zuschob und mit dem Zeigefinger eine Stelle bezeichnete.

»Von da ab. Setz' dich dahin. Ordentlich vor die Lampe.«

Miele tat das und fing an zu lesen. Sie las etwas langsam und monoton, aber ohne zu stocken, indem sie, wie sich's gehörte, bei den Interpunktionszeichen die gehörigen Pausen machte. Wenn sie nun auch nicht zu verstehen schien, was sie las, und wenn ihr auch die Fremdwörter mißglückten, so daß die Frau Ökonomierat aushelfen mußte, so ging die Sache doch ganz gut.

»Gut! Du kannst dableiben und weiterlesen!« knurrte die Herrin, während sie sich wieder an ihre Hausschuhe machte.

Miele hatte die Stickerei schon vorhin gesehen und ließ, während sie jetzt las, ihre Aufmerksamkeit nicht einen Augenblick von dem großmächtigen blaugrauen Stück Kanevas, das die Frau Ökonomierat in Händen hatte. Außerdem lag da ein ganzer Stoß prächtiger bunter Stickwolle von allen möglichen Farben. Miele beobachtete aufmerksam, wie die Frau Ökonomierat jetzt ein Muster auf den Kanevas legte und genau und sorgfältig nach der Linie des Musters die Schuhe auf den Kanevas zeichnete.

Miele mußte nun aber sogleich, wie sie dies wahrnahm, klopfenden Herzens an den Ofenschirm drin in der guten Stube denken. Es war schon lange ihr sehnlichstes Verlangen, auch solche schöne Sachen machen zu können, so sehr hatte sie sich in das Bild des Schirmes hineingelebt. Fortwährend grübelte sie in ihrer Küche über den Schirm und das Bild. Und auch damals, als die Frau Ökonomierat sie mit in die Stadtkirche genommen hatte, hatten die großen bunten Kirchenfenster wieder ihre Begeisterung und Sehnsucht nur noch mehr genährt.

Jetzt aber zog die Frau Ökonomierat unter ein paar Zeitungen ein schönes buntes Muster hervor, betrachtete es aufmerksam und tippte dabei mit ihrer Sticknadel genau auf jedes der kleinen Vierecke, aus denen die Vorlage bestand, und zählte sie leise vor sich hin.

Endlich nahm sie ihre Schere und schnitt das große Stück Kanevas in mehrere Teile. Das, was sie ausschnitt, legte sie vor sich hin auf den Tisch; das andere, und es waren ein paar ziemlich große Stücke dabei, wie Miele, die wie ein Luchs aufpaßte, wohl merkte, ließ die Frau Ökonomierat auf den Fußboden fallen. Es gab Miele ordentlich einen Stoß, und sie konnte sich kaum beherrschen, wie ein Stoßvogel gleich unter den Tisch zu fahren und sich die beiden Kanevasstücke aufzuheben.

Und nach einer Weile ereignete sich dann auch wirklich etwas mit Miele, was kaum glaublich und noch niemals dagewesen war. Die Frau Ökonomierat war nämlich für ein paar Augenblicke aufgestanden und nebenan in die gute Stube gegangen, wo sie etwas holen wollte. Miele zitterte. Mit jeder Fiber lauschte sie, steif und starr auf ihrem Stuhle sitzend, nach der guten Stube hin. Aber da, mit einem Male, bückte sie sich blitzschnell, raffte die beiden Kanevasreste auf und schob sie mit bebenden Händen in den Latz ihrer Schürze.

Als die Frau Ökonomierat zurückkam, fand sie Miele steif dasitzen, mit einem Gesicht, dem nicht das leiseste anzumerken war von dem, was sich ereignet hatte.

Die Frau Ökonomierat aber ging noch nicht sogleich wieder zu ihrem Sessel, sondern begab sich zu dem Ofen hin. Schon die ganze Zeit her hatten in der Röhre ein paar Äpfel gezischt und mit ihrem Duft die ganze Stube gefüllt.

Die Frau Ökonomierat schien jetzt in ganz behaglicher Laune zu sein. Sie langte sich einen von den Bratäpfeln aus der Röhre und kam mit ihm zu ihrem Sessel zurück. Ja, sie biß sogar unterwegs in den Apfel hinein. Und während sie aß, fuhr sie Miele an: »Na, was guckste denn?! Lies weiter!«

Und Miele las, während die Frau Ökonomierat, gegen das Fenster gewandt, draußen den Schneeflocken zuguckte und ihren Apfel recht behaglich zu Ende speiste.

Aber um den Apfel kümmerte sich Miele nicht einen Augenblick. Alles in ihr spannte bloß darauf, daß die Frau Ökonomierat zu sticken anfinge. Endlich fädelte diese denn auch ein, nahm den Kanevas auf und fing an.

Ganz genau verfolgte Miele, wie sie das machte. Die Frau Ökonomierat stickte eine Blume, eine weiße Winde mit spitz zulaufenden blauen Streifen drin und einem gelben Punkt in der

Mitte. Miele achtete darauf, wie sie die Löcher in dem Kanevas kunstvoll dazu benutzte, wie sie den Faden zog und über Kreuz stach.

Bis zur Abendbrotzeit las sie nun der Frau Ökonomierat vor und lernte von ihr, ohne daß die Frau Ökonomierat irgend etwas davon merkte, ganz heimlich und im stillen sticken.

Endlich aber hatte Miele sich denn doch heiser gelesen, und die Frau Ökonomierat sagte, sie sollte aufhören und in die Küche gehen. Ehe Miele ging, gab sie ihr aber noch Wolle, damit Miele ein neues Paar Strümpfe für sie anfange.

Aber obgleich sie die Wolldocke schon in der Hand hielt, blieb Miele noch stehen. Sie hatte nämlich vorhin beim Lesen und Aufpassen über alles mögliche nachgedacht und einen besonderen, resoluten Entschluß gefaßt. Sie hatte beschlossen, sich von der Frau Ökonomierat Geld geben zu lassen, um sich Kanevas, Nadeln und bunte Wolle zu kaufen. Zuerst hatte sie deshalb schon die beiden Stückchen Kanevas von vorhin wieder auf den Fußboden fallen lassen wollen, aber sie hatte nachher gedacht, sie wollte sie lieber auf alle Fälle behalten.

»Na, was stehste denn noch? Was is denn los?«

Hochrot vor Aufregung, Spannung, Angst und Mut brachte Miele endlich folgendes hervor, wobei sie ganz sonderbar und fast wie wütend aussah: »Ich will mir auch Strümpfe stricken!«

Zuerst starrte die Frau Ökonomierat Miele eine ganze Weile völlig sprachlos an. Dann aber brach sie los: »Na gucke doch mal! Das is ja 's Allerneueste! Die Mamsell hat's wohl hinter den Ohren?! He?! Du?! – Die Jungfer wird wohl unverschämt?!«

Ganz entgeistert starrte Miele die Frau Ökonomierat an. Sie verstand gar nicht. Sie hätte in ihrer Unschuld noch niemals auch nur einen Augenblick darüber nachgedacht, daß sie ja nur immer für die Frau Ökonomierat und nicht auch mal für sich selbst Strümpfe hatte stricken müssen. Wie alles andere, was sie tat, war ihr das immer ganz selbstverständlich gewesen. Sie hätte auch so bald gar nicht daran gedacht, daß sie ja eigentlich schließlich auch selber ein Paar Strümpfe vonnöten hätte, und sich von der Frau Ökonomierat einiges Geld dazu geben zu lassen, wenn sie es vorhin nicht als Ausflucht gefunden hätte, um sich Kanevas und Stickwolle zu kaufen. Jetzt war sie natürlich gründlich in der Klemme. Am liebsten hätte sie gar nichts mehr gesagt, sondern gleich kehrtgemacht und wäre in ihre Küche hinausgelaufen.

Aber sieh da! Es geschah etwas anderes. Nachdem sie eine ganze Weile mächtig gedruckst hatte, kam es endlich heraus, ohne Bedenken eine Lüge für ihre Sache: »Nä! – Ich wollte mir doch Wolle koofen! Ich – ich habe keine Strümpfe mehr!«

Vor Angst, Verzweiflung und festem Willen rollten ihr zwei Tränen aus den Augen, die sie fest und starr und ganz entgeistert auf ihre Herrin gerichtet hielt.

»Kaufen! Kaufen!« korrigierte die Frau Ökonomierat, die sich inzwischen beruhigt hatte; denn mochte es sein, wie es wollte, ein bißchen war sie von der unbeabsichtigten »Spitze« Mielens doch berührt. »So! Na! – Wolle willste dir kaufen! Kaufen!« Sie merkte jetzt, daß Miele vorhin ihre Worte nur aus Unbehilflichkeit so hervorgebracht hatte. »Mit einem Male? Warum haste denn das nich' schon lange gesagt?«

Miele schwieg.

»Nu gut, gut! Mache nur, daß de 'naus kömmst! Ich bringe dir nachher das Geld in die Küche!« brummte die Frau Ökonomierat.

Miele atmete auf. Sie war von weiter nichts erfüllt, als daß sie nun doch und wirklich Geld bekommen sollte.

Eilig huschte sie mit der Wolle, die ihr die Frau Ökonomierat gegeben hatte, in ihre Küche hinaus.

Als sie etwas später das Abendessen hineintrug und auf dem Tischchen die bunte Wolle sah, hatte sie in ihrer Begierde, zu sticken, einen neuen Einfall.

Und wieder geschah etwas Unerhörtes und noch nie Dagewesenes.

Miele mußte durchaus ein paar von den bunten Wollfaden haben.

Feuerrot vor Wagemut schmeichelte, ja, schmeichelte sie mit einem Male: »Könnt' ich nich' e paar von den bunten Wollfaden kriegen, Frau Rat?«

Ja, wirklich – sie sagte sogar »Frau Rat«!

Die Frau Ökonomierat horchte auf, sie traute ihren Ohren nicht. Aber sie war nicht gerade unwillig. »Bunte Wolle? Was willst denn du mit bunter Wolle?«

Miele schwieg.

»He?«

»Ach nur so, Frau Rat!«

»Kannstu denn sticken?«

»Nä!« stammelte Miele.

»Na, was willste denn da mit Wollfaden?«

Aber Miele schwieg.

»Na, meinetwegen.«

Die Frau Ökonomierat zog, nach einem kleinen Besinnen, wirklich ein paar Faden hervor. Es waren zufällig ein paar grüne, die Miele gerade gut gebrauchen konnte. Gierig griff sie zu und nahm die Faden.

»Ich dank' auch scheene!« rief sie erfreut. Aber dann blieb sie doch stehen, als wenn sie noch etwas wollte. Und endlich wagte sie leise und schmeichelnd zu fragen: »Könnt' ich denn nich' auch 'n paar rote kriegen, Frau Rat?«

»Nu gar auch noch rote!« knurrte die Frau Ökonomierat. Aber sie gab Miele wirklich auch noch ein paar lange rote Faden. Wieder griff Miele hastig zu und rannte dann eiligst in ihre Küche hinaus, wo sie die Faden in das Kämmerchen zu den beiden Kanevasstückchen steckte, die sie vorhin schnell in ihrem Bette untergebracht hatte. Eine Stopfnadel hatte sie, und nun konnte sie schon heute abend anfangen zu sticken.

Sie nahm sich vor Aufregung kaum Zeit, ein paar Bissen von ihrem Abendessen zu nehmen. Voller Ungeduld wartete sie, bis die Frau Ökonomierat zu Bett gegangen war. Dann zog sie sich schnell ihre Schuhe aus, nahm mit zitternden Händen die Stopfnadel, die Wollfäden und die Kanevasstückchen und schlich sich mit dem Küchenlämpchen unter angehaltenem Atem in die gute Stube.

Hier angekommen, stellte sie das Lämpchen auf den Fußboden ein Stück von dem Ofenschirm ab und kauerte sich vor diesem nieder. Schon vorhin, als sie der Frau Ökonomierat vorlas, hatte sie an eine von den Rosen gedacht, die an dem Busch saßen, unter dem die Dame lag. Die Rose rot und die Blätter grün.

Zunächst zählte sie mit der Stopfnadel geduldig die Stiche, aus denen die Rose, die sie wählte, bestand. Und dann studierte sie mit zäher Geduld, wie die Fäden und jeder einzelne Stich gezogen waren. Und als sie das getan hatte, fing sie an. Sie fand, daß es ungefähr so wäre, wie wenn man Strümpfe stopft. Und das konnte sie. – Peinlich genau sah sie Stich für Stich ab und machte sie zuerst ganz, ganz langsam und unverdrossen, mühevoll nach. Denn es verstand sich, daß die Rose ganz genau so werden mußte, wie sie auf dem Ofenschirm war. Sonst hätte es keinen Zweck.

Und Miele stickte und stickte. Eigentlich hockte sie ja hier wie auf Kohlen. Mit allen Fibern lauschte sie in die Nachtstille hinein. Aber kein kleinster Laut rührte sich. Sie hörte nur, wie ihr von ihrem fortwährend angehaltenen Atem das Blut in den Ohren sauste, wallte und brauste. Höchstens gab es manchmal in den alten Möbeln, die stumm und dunkel in der Finsternis um den blassen Lichtkreis ihres Lämpchens herumstarrten, einen geheimnisvollen kleinen Krach und Knacks, und draußen wehte der Herbstwind feine, prickelnde Schneewehen gegen die Fensterscheiben.

Es war am Tage in der guten Stube nicht geheizt worden, und daher war es ziemlich kalt. Aber Miele merkte das kaum in ihrem Eifer. Zu allem freilich hatte sie auch noch eine tüchtige Angst über den Frevel, daß sie die beiden Stückchen Kanevas stibitzt hatte und außerdem noch ohne Erlaubnis zur Nachtzeit hier in die gute Stube eingedrungen war. Denn Miele war ja mit einem Schlage fast eine ganz andere geworden . . .

Endlich, nach langer, zähgeduldiger Arbeit, war es Miele aber wirklich gelungen, ein großes Blütenblatt mit umgebogenem Rand von der Rose genau so wie auf dem Schirm fertigzustellen.

Aber plötzlich, wie sie es betrachtete, dachte sie nach und verglich. Es war ja auf dem Schirm verschiedenes Rot, und sie hatte nur das eine. Das war aber doch nicht richtig.

Vor Ärger und plötzlicher Niedergeschlagenheit weinte sie. Aber es war nichts zu machen. Sie mußte schon warten, bis die Frau Ökonomierat ihr das Geld gegeben hatte.

Betrübt und ärgerlich und noch dazu voller Angst schlich sie mit allem wieder in ihre warme Küche zurück. Schließlich tröstete sie sich damit, daß ihr alle Stiche genau gelungen waren, und sie war darüber so erfreut, daß sie das Gestickte mit in ihr Kämmerchen nahm und es, als sie sich zu Bett legte, neben sich am Kopfende auf das Fensterbrett legte. Als sie schon lag, blickte sie noch lange auf den dunklen, kleinen Fleck, der sich in dem hereindunstenden, bleichen Schneelicht auf dem Fensterbrett abzeichnete, bis ihr endlich die Augen zufielen und sie in einen festen Schlaf sank.

6

In größter Spannung trug Miele der Frau Ökonomierat am nächsten Morgen den Kaffee hinein. Sie machte sich hier und da in der Stube zu schaffen und wartete darauf, daß die Frau Ökonomierat etwas von dem Gelde sagen sollte.

Aber die Frau Ökonomierat sagte nicht ein Sterbenswörtchen vom Gelde. Sie schien es ganz und gar vergessen zu haben. In höchster Sorge und ganz unglücklich schlich Miele sich endlich hinaus und trank ihren Milchkaffee zu ihrem trocknen Rickling. Gewissenhaft aß sie den Rickling nach wie vor trocken und nahm auch keinen Zucker zum Milchkaffee, was sie auch immer von den anderen Mädchen über dergleichen Dinge mit angehört hatte.

Aber jetzt wurde Miele denn doch ärgerlich. Ja, zum erstenmal, solange sie nun schon hier war, wurde sie ärgerlich, so hatte sie ihre Begierde und Begeisterung für das Sticken zu einer anderen Miele gemacht. Es drückte ihr ordentlich in der Kehle und auf der Brust, und die Augen wurden ihr feucht.

»Se hot's vergasse!« sprach sie wütend vor sich hin. »Se hot's vergasse! – Das is aber nich' schiene! – Geiz'g is se! Das ha' ich schunn gemarkt! – Aber 's is doch mei' Gald! Ich wer'e mer doch Wulle zu mein' Strimpen koofe derfe!« Sie weinte. Aber mit einem Male merkte sie, was sie tat, und was sie da vor sich hin sprach. Der gewohnte Respekt vor der Frau Ökonomierat überkam sie, und erschrocken schwieg sie still.

Aber schließlich geriet sie in eine trotzige Verzweiflung. Die Rose war ihre fixe Idee geworden. Und das ganze natürliche Bedürfnis ihrer noch so jungen Jahre nach einer Zerstreuung hatte sich ja in diesem Trieb zum Sticken Luft gemacht und mußte nun seinen Willen haben.

»Un' ich sa' 's 'r duch noch emoll« rief sie endlich, mit von neuer, schon tollkühn erwachter Hoffnung, indem sie trotzig mit der Faust auf ihr Knie hieb.

Und sobald Miele die Wohnung in Ordnung gebracht hatte und nach täglicher Gewohnheit fragte, was sie einholen sollte, erinnerte sie die Frau Ökonomierat wirklich noch einmal.

»Ich sollte doch 's Geld kriege, Frau Rat?« fragte sie mit fast still stehendem Herzschlag, ganz heiser stammelnd.

»Was?! Geld?! Was denn für Geld?! Bist du denn wunderlich geworden? Wozu brauchst du denn mit einem Male Geld? Nu', du bist ja doch wohl wirklich ganz und gar nich' gescheit!«

Ja, die Frau Ökonomierat hatte Mieles Bitte wirklich vergessen.

Aber da geriet Miele in solche Verzweiflung, daß ihr die hellen Tränen aus den Augen stürzten. »Sie wollten mir doch gestern abend schunn Gald geben, daß 'ch mir Wolle kaufen könnte!«

»Was?! Wolle?! Was denn für Wolle? Was is denn das mit einem Male für'n Einfall? Ich habe dir doch gestern abend schon ein paar Fäden gegeben! Ich möchte übrigens wissen, was du überhaupt damit willst?«

Das war nun freilich eine nichtswürdige Situation. Miele wurde abwechselnd blaß und rot.

Aber da kam ihr der Gedanke an ihre Rose. Und sie beharrte: »Aber ich muß mir doch Strimpe stricke!«

Ach so! Ja, jetzt erinnerte sich die Frau Ökonomierat. »Na ja,« brummte sie. »Nu', das hat Zeit! Zunächst mache du nur erst deine Einkäufe!«

Wieder kriegte Miele eine mächtige Angst. Aber sie ließ nicht nach.

»Aber glei' neben 'm Bäcker in der Junkerstraße is ja e' Posamentengeschäfte, Frau Rat!«

»So! – Nu ja!«

Aber die Frau Ökonomierat beriet nun doch erst, was alles für Einkäufe für die Wirtschaft gemacht werden mußten.

Miele merkte sich alles genau wie immer. Die Frau Ökonomierat gab ihr das Geld dazu, nur noch immer keins zur Wolle.

Miele aber wartete standhaft.

»Na lauf, lauf, marsch! Du willst hier wohl anwachsen?!«

Doch da geschah es, daß Miele, indem sie der Frau Ökonomierat stumm in die Augen blickte, anfing, leise vor sich hin zu weinen.

»Na nu' gar! Höre mal! Das wäre mir 'ne Mode! Wie?! – Na, marsch, geh derweile e' Augenblickchen in die Küche. Ich wer'e dir das Geld 'nausbringen. – Wieviel brauchste?«

»Wenn's drei Mark sein könnten, Frau Rat!« sagte Miele mit Augen, die jetzt unter Tränen strahlten.

»Na marsch, pascholl! Was stehste denn und gaffst? Ich bringe dir's gleich! Mußte denn immer bei allem zugaffen?«

O gar nicht! Wenn sie nur das Geld kriegte! – Und hurtig war Miele in ihre Küche hinaus, wo sie schnell den Einholekorb von seinem Nagel hakte und unter freudigstem Herzklopfen wartete.

Die Frau Ökonomierat, die um keinen Preis mochte, daß jemand sähe, wo sie ihr Geld aufbewahrte, kam, nach einer ziemlichen Weile freilich, endlich in die Küche gehumpelt und legte Miele brummend ein Talerstück auf den Küchentisch.

»Danke! Danke auch recht scheene, Frau Rat!« rief Miele selig vor Freude, raffte den Taler rasch an sich und wischte mit ihrem Einholekorb hinaus.

Kopfschüttelnd blickte die Frau Ökonomierat ihr nach und humpelte dann in ihre Stube zurück. Sie war eigentlich doch auch ein klein wenig verlegen, daß sie noch nicht daran gedacht hatte, daß Miele sich doch endlich auch mal selber Strümpfe stricken mußte. Sie sah das ein, dachte im übrigen aber nicht weiter darüber und über Miele nach.

In dem Posamentenladen ließ Miele sich Strickwolle zu einem Paar Strümpfen geben; nicht gerade besonders teure. Sie dachte in ihrem Eifer gar nicht daran, daß die Frau Ökonomierat ihren Einkauf revidieren und nach dem Gelde fragen könnte. Sie konnte es kaum erwarten, bis ihr die Verkäuferin Kanevas und mehrere Docken bunte Wolle und auch Sticknadeln vorlegte. Sie überlegte genau, was sie alles für Farben nötig hatte. Auch Stickmuster ließ sie sich vorlegen und kaufte einige davon. Dann machte sie sich, ihre Schätze wohl geborgen, schnell auf den Heimweg. Sie wußte es so einzurichten, daß sie erst in die Küche ging, wo sie das Wollpaket schnell in ihrem Kämmerchen in Sicherheit brachte, um mit den übrigen Einkäufen dann in die Stube zu gehen und sie der Frau Ökonomierat zu zeigen.

Am Nachmittag mußte Miele der Frau Ökonomierat wieder bei der Lampe vorlesen und hatte von neuem Gelegenheit, beim Sticken zuzusehen und zu lernen.

Die Frau Ökonomierat stieß unter der Arbeit übrigens manch einen Seufzer hervor, und zuweilen wohl auch einen besonders schweren, dessen Ursache Miele zwar nicht wußte, der sie aber unwillkürlich ernsthaft stimmte und ihr ein respektvolles Mitleid mit ihrer Herrin erregte.

Die alte Dame wußte, warum sie seufzte. Sie hatte vier Söhne und zwei Töchter. Die letzteren waren gut verheiratet. Die ältesten drei Söhne, gleichfalls verheiratet und Familienväter, waren Gutsbesitzer oder Beamte, lebten in guten Umständen und machten ihr keine Sorge. Wohl aber der jüngste Sohn. Der stand in der Mitte der Dreißiger und war Oberlehrer an einer höheren Schule in Jena, wo er im Französischen, in Mathematik und Physik unterrichtete. Er war ein hübsch gewachsener, schneidiger kleiner Herr mit hellblonden Haaren, hübschen fidelen Blauaugen und einem dicken, forschen Schnurrbart. Es hieß, daß er sehr begabt wäre. Aber auch, daß er keine Lust hatte, sich zu verheiraten, und daß er ein flotter Lebemann wäre. – Darum war denn die Frau Ökonomierat auf den Einfall gekommen, ihm zu Weihnachten ein Paar Hausschuhe zu sticken, die sie ihm, wenn er von Jena herüberkäme und gewiß wieder Geld von ihr haben wollte, zum Präsent zu machen gedachte, in der Hoffnung, daß er den heimlichen Sinn dieses Präsentes verstände und eine Rührung von der mütterlichen Mahnung, häuslicher zu sein, verspüre.

Miele hatte den Herrn Doktor übrigens schon kennen gelernt. Er war im Herbst mal zu Besuch dagewesen und hatte drin in der Stube mit der Frau Ökonomierat eine lange Konferenz gehabt.

Als er Miele zu Gesicht bekommen hatte, hatte er sie mit seinen lustigen Blauaugen angeblickt, hatte laut gelacht und frei heraus gesagt: »Na, 'ne Venus bist du gerade nicht! Ich lass' dich schon gerne zufrieden!«

Das hatte er gesagt. Mieles Gesicht war davon noch dümmer geworden, als es schon erst gewesen war. Sie hatte noch eine ganze Zeit darüber nachgedacht, was eine »Venus« wäre, hatte es sich aber nicht zurechtzulegen gewußt.

Eine Venus war Miele freilich wirklich nicht. Sie blieb nach wie vor ein mageres Ding mit einem bläßlichen, schmalen Gesicht, das sogar ein Fältchen in die Stirn hinein hatte und um den einen Mundwinkel einen Zug, als ob sie da mal Essig eingesogen hätte. Im übrigen war sie ja zäh und gesund.

Über eins nun aber hatte Miele sich erstaunt und gefreut und hatte es nie wieder vergessen. – Nämlich, als der Herr Doktor jene Worte zu ihr gesprochen hatte, da hatte die Frau Ökonomierat, die ihn gerade zur Entreetür begleitete, mit einer so sonderbaren Stimme, daß es der dummen Miele durch und durch gegangen war, gesagt: »Laß nur gut sein. Wenn Miele keine Venus is, so is sie doch ein gutes und rechtschaffenes Mädchen.«

Das war das einzige Lob, das Miele, und gar bei einer so besonderen und wunderlichen Gelegenheit, von der Frau Ökonomierat je zu hören bekommen hatte und zu hören bekam.

So saßen sie denn beide, die Frau Ökonomierat unter manchem Seufzer an ihren Schuhen stickend, Miele ihr aus der Zeitschrift vorlesend und aufmerksam darauf achtend, wie die Frau Ökonomierat stickte, beieinander.

Als die Frau Ökonomierat nachher aber zu Bett gegangen war, schlich Miele sich sofort wieder wie gestern in die gute Stube, hockte sich beim Küchenlämpchen vor dem Ofenschirm nieder und arbeitete, ungeachtet der nächtlichen Einsamkeit und daß es in der ungeheizten Stube empfindlich kalt war, an ihrer geliebten Rose weiter.

Das trieb sie von jetzt ab jede Nacht mehr als eine Stunde, bis sie endlich eines Tages die Rose zu ihrer unbeschreiblichsten Freude ganz genau auf dem stibitzten Stückchen Kanevas kopiert hatte; bloß so bei dem trüben Schein des Küchenlämpchens.

Miele fand wohl auch mal bei Tage Gelegenheit, in die gute Stube zu kommen und ihre Rose zu vergleichen. Sie merkte gar wohl, daß ihre Farben etwas anders waren, als die auf dem

Ofenschirm; aber sie fand auch ganz selbständig die Ursache: nämlich deshalb, weil ihre Wolle frisch und die auf dem Schirm schon verblichen war.

Sie war so voller Freude, daß sie in ihrer Küche die Rose mit beiden Händen auf das Herz drückte und ein paarmal in die Höhe sprang.

Bei alledem war aber eins interessant: Miele dachte nicht einen Augenblick daran, ihr Kunstwerk der Frau Ökonomierat zu zeigen. Und nicht etwa, weil sie hinter deren Rücken den Kanevas stibitzt und abends immer heimlich in die gute Stube gegangen wär, sondern sie hatte es gar nicht nötig, ihr Kunstwerk jemandem zu zeigen. Sie freute sich ganz für sich selbst an ihrem künstlerischen Erstling und suchte in ihrem Stickmusterheft eifrig nach einer neuen Vorlage.

Eines Tages aber kam die Frau Ökonomierat ganz von selbst hinter die Sache.

Miele, die abends beim Zubettgehen die Rose immer neben sich auf das Fensterbrett legte, um sie frühmorgens gleich beim Aufstehen noch einmal betrachten zu können, hatte diesmal vergessen, die Rose vom Fensterbrett wegzunehmen und zu verstecken.

Nun war aber die Frau Ökonomierat gerade an diesem Morgen, während Miele einholte, in das Kämmerchen gekommen, um mal ein bißchen zu inspizieren. Und da hatte sie die Rose gefunden und hatte sie mit in ihre Stube genommen.

Als Miele dann von ihren Einkäufen zurückkam, wurde sie gründlich ins Gebet genommen.

»He, sage mal, Jungfer! Wo hastu denn hier den Kanevas her? Wie?!«

Miele hätte beinahe ihren Korb fallen lassen vor Schreck.

»Na?! Raus mit der Sprache!«

»Das . . . Das ist doch eins von den Stücken, die Sie selber weggeworfen han, Frau Rat!« stotterte Miele.

»So?« Die Frau Ökonomierat beruhigte sich etwas.

»Aber wo hastu die Wolle her?«

»Sie . . . Sie ha'n se mir doch selber gegeben!« stotterte Miele, der es bald heiß, bald kalt wurde.

»Aha! Nee, Jungfer! Das is mehr, als ich dir gegeben habe! Wo hastu also die Wolle her, wie?! – I, un' gucke nur da! Das is ja doch wohl ganz un' gar von dem Ofenschirm?! – Da bistu, he! egal heimlich in der guten Stube gewesen?!! – Herrgott, mei' Ofenschirm!! Mei' schöner Ofenschirm!!«

Die Frau Ökonomierat fuhr aus ihrem Sessel in die Höhe und humpelte spornstreichs nebenan in die gute Stube, um nach dem Ofenschirm zu sehen.

»Nä!« stotterte Miele hinter ihr her. »Ich ha' jä gar nischt an'n Ofenschirm gemacht! E' is jä ganz heile!«

Na ja! Dem Ofenschirm fehlte nichts. Die Frau Ökonomierat kam gleich wieder, durchaus beruhigt, zurückgehumpelt.

»Na, aber die Wolle? He?!«

»Ich . . . Ich ha' se gekauft! Von . . . Von den drei Mark!« stotterte Miele nach einer Weile.

»Ach so! Ach, gucke mal! Also Heimlichkeiten hastu vor mir?!«

Und nun ließ die Frau Ökonomierat ein gründliches Donnerwetter niedergehen, bis die arme Miele wie ein begossener Pudel sich mit ihrem Korb hinaustrollte.

Ihre Rose hatte sie auch nicht wiederbekommen. Die hatte die Frau Ökonomierat auf ihrem Fenstertischchen behalten.

Nun bekam die Frau Ökonomierat aber am Nachmittag einen Besuch von einer Freundin.

Sie hieß Frau Schulze und war eine große, stattliche, dunkelhaarige Frau in der Mitte der Vierziger. Ihr Mann war in Berlin Hotelbesitzer gewesen. Er hatte das Hotel dann verkauft, war nach Weimar gezogen, um hier zu privatisieren, hatte sich ein schönes Haus mit einem großen Garten und einer Bienenzucht gekauft, wo er mit seiner Frau, die eine geborene Berlinerin war, einer Tochter und einem Sohn lebte. Vor ein paar Jahren war er gestorben, und zwar zufällig an demselben Tage, wo auch der alte pensionierte Herr Ökonomierat Behring gestorben war. Und es traf sich außerdem, daß Herr Schulze und Herr Behring dicht beieinander beerdigt wurden. Auf dem Friedhof nun aber hatten sich Frau Schulze und die Frau Ökonomierat dann kennen gelernt und gute Freundschaft miteinander geschlossen.

Jetzt nun kam Frau Schulze, von der die Frau Ökonomierat »Tanteken Rat« tituliert wurde, seit einigen Tagen jeden Nachmittag nach der Kaffeezeit ein paar Stunden zu der Frau Ökonomierat, um bei ihr ungestört gleichfalls eine Stickerei anfertigen zu können, die sie ihrer Tochter zu Weihnachten schenken wollte. Die Tochter Paula war sechzehn Jahre alt und in Erfurt in einer Pension, während der vierzehnjährige Robert in Weimar die Realschule besuchte.

Als nun Frau Schulze heute bei der Frau Ökonomierat eintraf, zeigte ihr diese, unter vielen Scheltworten auf Miele, die Rose. Frau Schulze aber brach sofort in laute Lobeserhebungen aus.

»Was?! Das hat die kleine, mickrige Miele jemacht?!« rief sie. »Aba sagen Sie doch, Tanteken Rat! Das is ja wundaba! Aba wundaba! Rufen Se se doch mal rein! Aba wundaba! Wundaba!«

Die Frau Ökonomierat wollte etwas sagen, aber da war Frau Schulze schon selber zur Tür gerauscht, hatte sie aufgerissen und rief mit ihrer lauten, metallischen Stimme, daß die ganze Wohnung schallte: »Miele?! Miele?!! Komm' mal rein, Meechen! Na los, los! Komm!«

Nach einem Weilchen kam Miele angeschlichen. Sie hatte schon die ganze Zeit in ihrer Küche die größte Pein ausgestanden und dachte jetzt nicht anders, als daß sie fortgejagt werden sollte.

»Nee, sag' mal! Meechen! Das hast du jestickt?! Wie?! – Du kannst überhaupt sticken?! – Aber das is ja jroßa'tig! Du bist ja 'ne Kinstlerin! Verstehste?!« – Frau Schulze starrte Miele mit ihren lustigen Schlitzaugen an und lachte, daß die Stube schallte. »Na, du wi'st jrade wissen, was 'ne Kinstlerin is! Unbewußtes Jemiet! – Sticken kannstu also ooch?!«

»Nä!« machte Miele. Sie lächelte jetzt, und ihre Augen blitzten.

»Was?! Du kannst nich' sticken?! Dann hastu das also bloß so aus dem Stejreife jemacht?! I, das is ja um so jroßa'tiger! Sieh mal! Ich *erstaune!* Tanteken Rat, was sagen Sie? – Hier, sehn Sie doch mal, Tanteken! Wie se das abjeteent hat, der Racker! Hier die jelbbraunen Rippen auf den jrien'n Blättern, un' hier die Purpurschattierung in der Rose! Aber Zucka! Zucka sag' ich bloß! – Un' – mir steht der Verstand schtille! Haste Worte?! – I, aba bewahre, Tanteken Rat! Da dürfen Sie ja doch nich' schelten! – Was?! Von den drei Mark, für die sie hat Strickwolle kaufen wollen?! Jotteken, was is da weiter! Das is der Trieb des Schenies! Was 'n Schenie is, bricht durch, coûte que coûte!! – Nee, jetzt wer' ich dir mal was sagen! Die Frau Hoflieferanten Weißbach is meine jute Freundin. Jetzt wer' ich mal die Rose mitnehm'n un' wer' mit 'r sprechen, un' denn sollste Jeschäfte machen! So steht die Sache! Un' das sollste janz sicher un' jewiß!«

Im siebenten Himmel schwebend und mit freudezitterndem Herzen huschte Miele wieder in ihre Küche hinaus.

7

Als Miele hinaus war und die Damen sich an ihre Stickerei gemacht hatten, war es natürlich Frau Schulze, die das Wort ergriff.

»Wissen Sie, Tanteken Rat!« fing sie an. »Was ich an Ihnen so jradezu reizvoll finde, das is Ihre patriarchalische Art und Weise. – Das is noch die jute alte Zeit. Mir hat das, jrade seitdem ich hier in Thieringen wohne, als jroßherzoglich sächsisch naturalisierte, im iebrigen jeborne Berlinerin, so was Anheimelndes. Ich jlaube, deshalb hab' ich Sie auch mit so in mein Herz jeschlossen. – Was Patriarchalisches, sag' ich. Das macht das Land un' die Jutswirtschaft. Ich als Hotelrejentin wa' die neue Zeit. Jotteken, freilich 'ne andre Jacke! – Mit den Stubenmädels un' Köchinnen da. Aba was is zu machen? Die Welt jeht nu' mal vorwärts, un' wir leben im Zeitalter des Amerikanismus. Der Berliner is heite Yankee, anders jeht es schon jar nich' mehr! — Aba hier is das noch alles patriarchalisch. Der Hof, die kleene Residenz. Mir hat das was Anheimelndes. Un' so leben Sie hier mit Ihrer Miele. So'n Meechen suchen Se erst mal in Berlin! – Jaja, Tanteken Rat, die halten Sie sich man wa'm!«

»Nu Gott behiete!« rief die Frau Ökonomierat ganz verblüfft und erschrocken.

»Aba jaja! Wir wer'n noch alle Amerikaner! Wir hab'n die Frauenemanzipation! Bis auf die Stubenmächens un' die Köchinnen. Un' jrade die! Sag' Ihnen, is 'ne janz infame Nation! — Jawohl, Sie sind 'n Jlickspilz, Tanteken Rat, mit Ihrer Miele da!«

»Nu, ich möchte wissen!« rief die Frau Ökonomierat wie vorhin. »Das wäre noch schöner! Dienstbote is Dienstbote!«

Frau Schulze lachte bis in die höchsten Kichertöne hinauf, und bis ihr die Tränen in die Augen kamen.

»Na aba, nu Jotteken! Aba ich wer' mich ja hieten, un' wer' Ihnen Ihr scheenes Patriarchat revoluzionieren! Im Jejenteil, ich beneide Sie man! – Hier is so jar keine *Maxime!* Alles janz selbstverständlich, sozusagen, unbewußt, heechste Lust!« zitierte Frau Schulze als gebildete Frau und eifrige Theaterbesucherin, wobei sie übrigens von der Frau Ökonomierat sofort verstanden wurde, die als geborene Thüringerin gleichfalls eine Theaterliebhaberin war. »Das Meechen hat, was se braucht, braucht kein' Ausgang, Sie legen ihr ihren Lohn zurück. – Stille doch! Nu' bewahre! Ich weiß ja« – beschwichtigte Frau Schulze die Frau Ökonomierat lachend, die sich eben anschickte, entrüstet loszuwettern. – »Was braucht so'n Meechen Jeld, un' was braucht se auszujehn, da auf den Tanzböden 'rum un' so. Janz recht haben Se, Tanteken Rat, janz recht!«

Aber die Frau Ökonomierat wußte jetzt doch nicht, wie sie die Frau Schulze nehmen und verstehen sollte.

»Nu, ich dächte,« knurrte sie endlich.

»Was braucht se auszujehn, wenn se man jesund is!« Frau Schulze lachte wieder. »Se hat zu essen un' zu trinken; se kriegt ab un' zu ihrn Vers aufjebrummt, alles wie in der guten alten Zeit! Un' das Meechen is 'n Jemiet!«

»Nu', daß ich nich' wüßte! Mucken hat se!«

»Na, aba eins dürfen Se nich', Tanteken Rat! Das Schenie dürfen Sie nich' unterdrücken. Un' Miele is 'n Schenie. – Sehn Sie mal« – Frau Schulze nahm die Rose vom Tischchen auf – »sehn Sie mal, da ligt Jeduld un' Empfindung, Poesie liegt dadrin! Sehn Se mal, wie jenau un' akerat das alles, Stich für Stich, jemacht is! Wundaba! – Ein richtiget Kunstwerk! Sagen Sie, was 'ne Sache is!«

Die Frau Ökonomierat warf einen brummigen Blick auf die Rose.

»Na, lassen Se man jut sein, Tanteken! Ich weiß ja: nich' für tausend Taler verkaufen Sie Miele. Un' das Meechen weiß es nich' anders un' fühlt sich wohl. Hauptsache!«

Die Frau Ökonomierat, vor deren Augen sich Miele so plötzlich in ein Wundertier verwandelt hatte, war froh, als das Gespräch jetzt eine andere Wendung, und zwar zum rein Ästhetischen und Theater hin bekam.

»Wissen Sie iebrijens schon, Tanteken Rat, daß das neu engagierte Fräulein Hofsängerin Binge ein Jlasauge hat?« fragte Frau Schulze.

»Fräulein Uecker! Fräulein Uecker!« korrigierte die Frau Ökonomierat wichtig. »Fräulein Uecker hat ein Glasauge!«

»Nein, Tanteken Rat!« entgegnete Frau Schulze, respektvoll, nachsichtig, aber mit dem ihr eigenen Nachdruck. »Für diesmal is es wirklich un' jewiß das neue Fräulein Binge! Wette?«

»Nu', die hat doch, unberufen, ein Paar Augen wie 'n Eckerchen!«

»Ja, un' eins davon is ein Jlasauge! Wenn Se mal nächstens in ›Carmen‹ jehn, achten Se mal drauf. – Sie singt iebrijens die Carmen wundaba, wuuundaba! Sie hat da so 'ne jewisse Wendung, wenn se sich die Nelke in den Mund steckt. Denn fällt jrade so'n Strahl vom elektrischen Licht in das Jlasauge, un' das jlitzert denn wie 'n Brilljant. Was doch janz sicher un' jewiß nur 'n Jlasauge kann, Tanteken Rat! Macht iebrigens 'n jroßa'tijen Effekt!«

Es blieb der Frau Ökonomierat nichts anderes übrig, als zuzugestehen, daß Fräulein Binge wirklich ein Glasauge hätte. »Wette?« hatte übrigens Frau Schulze gesagt. Und die Frau Ökonomierat, die ein bißchen genau war, machte sich nichts aus Wetten . . .

Nach ein paar Tagen kam Frau Schulze wieder und wußte es richtig durchzusetzen, daß »Tanteken Rat« Miele mit ihr zu der Frau Hoflieferant Weißbach gehen ließ. Dort erregte die Rose denn auch wirklich die Bewunderung von Frau Weißbach, und diese gab Miele sofort einen leichteren Auftrag, mit dem sie überglücklich nach Hause eilte.

Was die Frau Ökonomierat anbetraf, so zeigte sie Miele gegenüber jetzt eine Zeitlang insofern ein seltsames Benehmen, als sie über eine Woche lang mit ihr kein Wort sprach. Miele, die davon ganz niedergedrückt war, war heilfroh und ganz erlöst, als ihre Herrin endlich eines Tages sie eine »maulfaule, tick'sche Trine« nannte, die anderthalb Wochen kein Wort mit ihr gesprochen hätte.

Im übrigen arbeitete Miele, ohne indessen im geringsten ihre täglichen Pflichten zu versäumen, an ihren Stickereien. Die Frau Ökonomierat bekam nicht die geringste Ursache, Miele auszuzanken. Als dann aber Miele gar für ihre Arbeit ein gut Stück Geld mit nach Haus brachte und gleichzeitig neue, nun schon schwierigere Aufträge, machte die Frau Ökonomierat große Augen und interessierte sich für die Sache. Sie hatte Miele sofort nicht etwa vorgeschlagen, sondern hatte sie aufgefordert, ihr das Geld auszuhändigen, damit sie es für sie aufbewahre. Miele, die gar nicht daran dachte, daß das anders sein könnte, hatte es ihr auch gleich gegeben, und die Frau Ökonomierat hatte es irgendwohin weggeschlossen. Es wurde von jetzt ab der Frau Ökonomierat eine unentbehrliche Gewohnheit, mit einem Interesse, als verschließe sie eigenes Geld, alles, was Miele von Frau Weißbach erhielt, unter Verschluß zu tun.

Dann kam Weihnachten. Mit ihm erschien der Jenenser Doktor und bekam seine gestickten Hausschuhe unter dem kleinen Lichterbaum, den die Frau Ökonomierat für sie alle drei zugerichtet hatte. Aber er lachte und machte ein paar Witze über die Schuhe. Was er sonst, als er am nächsten Tage wieder abreiste, mit nach Jena hinübernahm, war gewiß wieder ein ansehnliches Stück Geld, mit dem er seine »Löcher« zustopfen konnte.

Miele ihrerseits bekam ein neues Kleid, eine Schürze, fünf Mark und etwas Nüsse, Äpfel und Pfefferkuchen, worüber sie sich mächtig freute. Die fünf Mark legte ihr die Frau Ökonomierat sogleich zu ihrem aufbewahrten Lohn zurück.

8

Das gewohnte Leben zwischen der Frau Ökonomierat und Miele ging weiter, bis es im Frühjahr abermals eine gewisse Entwicklung erfuhr.

Das Frühjahr war sehr rauh und unfreundlich, und eines Tages zog sich die Frau Ökonomierat eine tüchtige Erkältung zu.

Es war am Nachmittag. Miele brachte gerade den Kaffee herein. Da lag die Frau Ökonomierat ganz aufgelöst und todbleich in ihrem Sessel und rief, während sie ihre dicke Hand auf die Brust preßte: »Ach! – Ach! – Ach Gott, Miele, liebe Miele!« – ›Liebe Miele‹, sagte sie. – »Ach, mir is ja so sonderbar!! – Ich . . . ich kriege einen Schlaganfall!«

Miele hatte zuerst beinahe das Kaffeebrett fallen lassen. Aber Miele ließ das Brett nicht fallen, sondern trug es schnell zum Tischchen. Und dann rief sie geistesgegenwärtig: »I nä, Frau Rat!! – Sie han sich jä bluß erkält't!!«

»Erkält't?! – Ach! – Ach! – Ach! – Erkält't?!«

»Sie kenn' jä duch ganz gut sprache!!« rief Miele in ihrer Angst. »Warten Se, ich hole Ihn'n die Hoffmannstroppen!«

Aber sieh da, Miele blieb erst noch stehen. Sie hatte sogar erst noch einen besonderen Einfall. »Trinken Se mal irscht fix noch enne Tasse heeßen Kaffee!«

Miele kommandierte! Kommandierte mit einem Male.

Und wirklich riß die Frau Ökonomierat ihre Augen jetzt groß auf und wollte schnell nach der Tasse langen. Aber sie war wirklich zu schwach dazu.

Da hielt Miele ihr schnell selber die Tasse an den Mund, und die Frau Ökonomierat schlürfte ein paar Züge, worauf sie, ganz zum Erbarmen stöhnend, wieder in den Sessel zurückfiel und behauptete, daß ihr die Sinne vergingen und alles sich ihr anfange im Kreise herumzudrehen.

Miele ging diesmal nicht weiter darauf ein, sondern lief schnell zu einem Schränkchen hin, aus dem sie die Hoffmannstropfen hervornahm. Mit ihnen lief sie wieder zu der Frau Ökonomierat hin, öffnete das Fläschchen und hielt es ihrer Herrin zunächst erst mal unter die Nase, damit sie ein paar Züge davon einziehen könnte. Dann aber nahm Miele den Kaffeelöffel voll Zucker und goß so viel von den Hoffmannstropfen auf den Zucker, daß er ganz von ihnen durchtränkt wurde. Nun hielt sie den Löffel der Frau Ökonomierat an den Mund, und diese schnappte zu wie ein junges Vögelchen, das gefüttert wird.

Ein kleines Weilchen schien es besser zu sein. Aber mit einem Male bekam sie wieder einen Schwindelanfall und rief: »Ach Miele! Miele! Meine liebe Miele! Ich kriege ja wirklich e' Schlaganfall!! – Ach, rasch, rasch! Bring mich zu Bette!«

Miele sprang in ihrer Angst schnell hinzu und half der Frau Ökonomierat aus dem Sessel in die Höhe.

»I nä, nä!! 's gieht jä widder verbei!!« rief sie dabei. »Nachher kimmt oo' de Frau Schulzen!« fiel ihr ein. »Jedes Oogenblickchen muß se kumme!«

Endlich hatte sie die Frau Ökonomierat in die Höhe gezogen, halb hatte diese sich auch selber aufkrabbeln können und hatte ihren Krückstock an sich gerafft. Zuerst wackelte sie ein bißchen, als sie glücklich auf den Beinen stand, und schüttelte sich, daß ihr die Zähne klapperten, dann aber tat sie, von Miele aus Leibeskräften gehalten, ein paar Schritte. – Doch plötzlich blieb sie wieder stehen und rief, daß sie etwas im Kreise herumdrehen wolle. Doch Miele ließ sie nicht fallen. Die Zähne fest zusammengebissen, hielt sie ihre Herrin. Die Muskeln ihrer mageren Arme spannten sich wie Stricke. Aber auch die Frau Ökonomierat, die durchaus nicht sterben wollte, machte sich vor Angst so stramm, wie sie nur irgend konnte, und so gelangten sie denn schließlich glücklich in die Schlafstube.

Hier mußte Miele ihre Herrin in das Bett bringen.

Das Bett war ein wahres Ungetüm von Bauwerk. Eine altmodische, massive, braune, zweischläfrige Wiener Bettstelle.

Es ging, wie es ging und sogar noch sehr gut. Miele bekam die Frau Ökonomierat wirklich ins Bett und mummelte sie tüchtig ein.

Sobald sie lag, wurde die Frau Ökonomierat von einem tüchtigen Frost gebeutelt, und sie jammerte, daß sie eiskalte Beine hätte, und daß das ein schlimmes Zeichen wäre.

Miele aber tröstete sie noch einmal mit der Frau Schulze und rief ihr zu, daß sie ihr schnell die Wärmflasche zurecht machen wollte. Bedachtvoll stellte sie die Hoffmannstropfen neben die Frau Ökonomierat auf das Waschtischchen, machte sie darauf aufmerksam und eilte dann in die Küche. Unglaublich schnell kam sie mit der Wärmflasche zurück, die sie in ein dickes Wolltuch wickelte und der Frau unter die Füße legte.

Aber da klingelte es, gottlob. – Miele lief schnell zur Entreetür und ließ Frau Schulze herein.

Diese erkannte die Situation sofort und rief erschreckt: »Huch, Influenza!«

Es schien zuerst, als ob sie wieder weglaufen wollte. Aber dann trat sie ein. Sie blieb an der Schlafstubentür stehen und rief hinein: »Tanteken Rat, was machen Sie denn für Jeschichten?! Aber sein Se man nich bange! Es is man Influenza! – Rein komm' ich aber nich'. Das steckt eklig an!«

Von drinnen antwortete nur ein klägliches Wimmern und Ächzen.

Aber die bedachtsame und mit einem Male sehr lebendig gewordene Miele fing jetzt an, Frau Schulze zu überreden, so lange dazubleiben, bis sie den Arzt geholt hätte. Frau Schulze blieb denn auch wirklich, und Miele rannte zum Arzt.

Sie blieb eine ganze Weile, aber dafür kam sie gleich mit dem Arzte selber, der in die Schlafstube ging und die Frau Ökonomierat untersuchte.

Also es war wirklich Influenza. In der Stube schrieb er ein Rezept, gab Miele Anweisungen, was sie alles tun sollte, und ging dann, nachdem er versprochen hatte, morgen vormittag wiederzukommen.

»Morjen früh? Dann is das nich' so schlimm! Sonst wär' er heut' abend noch mal jekommen,« erklärte scharfsichtig Frau Schulze, Miele damit beruhigend, und dann versprach sie noch so lange zu bleiben, bis Miele aus der Apotheke zurück wäre.

Es wurde für Miele eine schlaflose Nacht. Sie mußte ja bei ihrer Herrin wachen, die sehr unruhig war, phantasierte und, wenn sie wieder zu sich gekommen war, erbärmlich stöhnte und Miele vor Angst ein paarmal am Arme packte.

Aber einmal stieß sie auch einen herzhaften Nieser hervor, und da rief Miele voller Freude: »Sie ha'n geniest, Frau Rat?! Meine Mutter heeme sa't immer, da wird mer gesund!«

Im übrigen hatte Miele der Frau Ökonomierat pünktlich Arznei zu reichen, ihr die Eiskompresse aufzulegen und allerlei sonstige Hilfeleistungen zu tun, was gar nicht leicht war, denn ihre Herrin erwies sich als eine sehr unruhige Patientin. Wenn sie gerade mal phantasierte, so bekam Miele übrigens alle möglichen Sachen über ihren Jenenser Sohn zu hören. Außerdem war es tüchtig kalt in der ungeheizten Schlafstube, und gegen Morgen fror die arme übernächtige Miele dermaßen, daß es sie krumm zog.

9

Die Frau Ökonomierat war eine ganze Zeit krank und lag zu Bett. In all dieser Zeit war es allein Miele, die sie verpflegte. Manchmal kam ein Besuch, Frau Schulze oder die Hauswirtin oder sonst eine Bekannte.

Es nahm Miele gehörig mit, aber sie hielt mit ihrer ganzen Zähigkeit stand.

Sie hatte sich sehr gebangt; daß der Frau Ökonomierat etwas geschehen könnte. Denn sie stand ja nun schon dicht vor ihrem einundsiebzigsten Geburtstag, und Miele war nun so gescheit und überlegsam geworden, daß sie gar wohl wußte, was das zu bedeuten hatte. Zugleich aber hatte sie auch empfunden, wie sehr sie sich an ihre Herrin gewöhnt hatte.

Sie pflegte die Frau Ökonomierat aufs beste und fürsorglichste und entwickelte dabei Fähigkeiten, die sie bisher noch gar nicht betätigt hatte. Sie kochte ihrer Herrin schöne kräftige Weinsuppen oder auch Suppen aus kräftiger Bouillon mit abgequirltem Ei. Sie brachte ihr Kakao, ein Glas Wein, machte ihr belegte Weißbrotschnitten zum Frühstück und Abendbrot zurecht und versorgte sie auch sonst in jeder erdenklichen Weise.

Nachmittags saß Miele später an dem Bett der Frau Ökonomierat und las ihr etwas vor. Und was ganz unglaublich und unerhört war: sie, die in der ganzen Zeit, die sie nun schon hier war, kaum mal ein Wort über das Notwendigste hinaus mit ihrer Herrin gesprochen hatte, zeigte sich mit einem Male gesprächig und mitteilsam und wußte ihr unermüdlich alles mögliche zu erzählen und mit ihr zu plaudern. – Es erwies sich bei dieser Gelegenheit, daß Miele, die eigentlich mit niemand Verkehr gehabt hatte, nicht allein mit allem, was im Hause geschah, sondern auch, was im ganzen Viertel passierte, ganz genau Bescheid wußte. So aufmerksam also paßte sie überall auf, horchte umher und behielt alles miteinander hübsch still für sich.

»Ach, Miele!« sagte die Frau Ökonomierat, die auch für ihr Teil noch niemals so viel und vertraulich mit Miele gesprochen hatte wie in dieser Zeit. »Ach, ich habe gehört,« klagte sie mit ganz matter und trübseliger Stimme, »die Frau Schulze hat mir gesagt, daß in der Regel von der Influenza was zurückbleibt. Un' namentlich soll sie bei alten Leuten so gefährlich sein. Ach, Miele! Und ich gehe nun schon bald in mein Zweiundsiebzigstes! – Gesund bin ich ja nun, gottlob, soweit wieder geworden; aber ganz gewiß wird bei mir was zurückbleiben!«

»I nä, Frau Rat!« tröstete Miele eifrig. »Die Wirtin hot m'r gesa't, se hot 'n Dokter gefra't, un' dar hot gesa't, daß Sie enne gute Kon..., Konter..., ich weeß nich', wie e' glei' gesa't hot, enne gute Konterschtition oder so, ha'n. As bliebe, hot a' gesa't, bei Ihnen gar nischt nach.«

»So! So! Hat a' gesagt, Miele?« stöhnte die Frau Ökonomierat getröstet.

Eifrig nickte Miele. »Ja–e! Ganz gewiß! A' hot's ja oo' zu der Frau Schulzen gesa't! Un' se därften nu' oo' schune bahle widder ufschtiehn!«

»So, so, so!«

Die Frau Ökonomierat lag jetzt eine ganze Weile schön still und nachdenklich da. »Ich mag auch un' will auch un' darf auch noch nich' sterben, Miele! Ich muß noch eine ganze Zeitlang leben,« sagte sie endlich leise und sehr ernsthaft und traurig.

Miele schwieg respektvoll.

»He, sag', gefällt's dir bei mir, Miele?« fing die Frau Ökonomierat nach einer Weile wieder an.

»Ja–e!«

Miele nickte auch noch.

»Gefällt's dir auch wirklich, oder sagst du nur so?«

»Nä!«

»So, so, so! – Du hast mich ja so schön gepflegt, Miele! Wenn's dir gefällt, so wirst du ja wohl auch bei mir bleiben. Gelte? He?«

»Ja–e!« antwortete Miele, indem sie ihre Herrin ansah, und nickte wieder.

»Bleibst du aber auch wirklich gerne?«

»Ja–e!«

»Nu' gut, nu' gut! – Nu', Miele! dann sollst du auch ganz bestimmt mal was von mir erben. Ich setze dir ganz bestimmt 'ne Summe aus, wenn du, bis ich e' mal sterbe, bei mir bleibst. Ich versprech' es dir ausdrücklich. – Mei' Vermögen muß noch viele Zinsen bringen,« setzte sie seufzend hinzu. »Denn ich brauche noch viel Geld, sehr viel Geld.«

Miele schwieg. Sie wußte nicht, was sie dazu sagen sollte; sie wußte überhaupt kaum recht, was es bedeutete. Und doch hatte sie, wie die Frau Ökonomierat bei den letzten Worten geseufzt hatte, wieder gefühlt, daß diese etwas ganz Besonderes angedeutet hatte. Aber sie machte sich darüber weiter keine Gedanken.

Wieder blieb es eine Weile still. Die Frau Ökonomierat schien über alles mögliche nachzudenken. Miele für ihr Teil dachte in diesem Augenblick an gar nichts weiter, außer daß sie sich freute, nun bald wieder für die Frau Hoflieferant Weißbach sticken zu können.

»Miele, erzähle mir doch was von euch zu Hause. Dei' Vater is Kossäte, gelle?« fing die Frau Ökonomierat wieder an. »Du hast wohl auch noch Geschwister?«

»Ja–e! Achte sin' mer!«

Miele wunderte sich, daß die Frau Ökonomierat sich dafür interessierte.

»Achte?«

»Ja–e! – Zwee' sin' gestorb'n. Aber mer sin' noch ihrer sachse!«

»Sechse? – Ach was, sechse leben noch?«

»Ja–e!«

»Da wird dei' Vater auch seine liebe Not haben!«

Miele schwieg. Aber sie blieb ganz gelassen. Noch nie hatte sie sich Gedanken darüber gemacht, ob ihr Vater oder ihre Mutter mit ihr oder ihren Geschwistern ihre »liebe Not« hätten.

»Seid ihr denn noch mehr Mädchen?«

»Noch eene! Barta! Die is aber schunn verheirat't.«

»Un' die andern sind also Jungens?«

»Ja–e!«

»So! – Sag' mal, bei Apolda bistu also her. Wie geht's denn jetzt in –,« die Frau Ökonomierat nannte den Namen eines Rittergutes in der Nähe von Apolda. »Das kennste doch?«

»Ja–e!« Miele konnte Bescheid geben.

»Da sind wir ja gewesen, mei' Mann un' ich,« fuhr die Frau Ökonomierat fort. Und nun fing sie mit einem Male an, Miele wie einer Erwachsenen ganz ausführlich ihre Lebensgeschichte zu erzählen.

Miele hörte aufmerksam und respektvoll zu, sagte aber nicht ein Wort.

Aber je mehr die Frau Ökonomierat sich erholte, um so mehr kam sie Miele gegenüber wieder in ihre frühere Tonart zurück. Sie wurde wieder mürrisch, kurz und brummig zu ihr und fing wieder an zu schelten und zu schimpfen, und Miele bekam eine »Bauerntrine« und »Gackgans« nach der anderen zu hören.

Darüber freute Miele sich aber. Denn nun war's sicher und gewiß, daß die Frau Ökonomierat bald wieder aufstand. Es dauerte auch wirklich nicht lange, so saß sie wieder neben ihrem Krückstock drin in der Stube in ihrem schönen Sessel.

Miele glitt nun wieder still von ihr ab und war wieder für sich, war nun wieder bloß das Heinzelmännchen, das sie bis dahin gewesen war, und lebte in ihrer Küche. Vor allem indessen konnte sie nun wieder sticken.

Und trotzdem hatte sich etwas gegen vordem geändert. Miele hatte die ganze Zeit über gekocht, und zwar so vortrefflich, daß die Frau Ökonomierat sich von jetzt ab ganz abgewöhnte, das einzige zu tun, was sie in der Wirtschaft bisher immer besorgt hatte: zu kochen. Das Meisterstück Mielens war in dieser Zeit der Genesung eine schöne Hühnerpastete gewesen, die sie gelegentlich ihrer Herrin abgeguckt hatte und mit ihrer ganzen Akkuratesse aus ihrem erstaunlichen Gedächtnis herstellte.

Mit dieser Änderung aber hatte Miele tatsächlich im Hause das stille Kommando. Es zeigte sich nämlich, daß die Frau Ökonomierat von ihrer Influenza doch etwas zurückbehalten hatte, und zwar in Gestalt von gelegentlichen kleinen Nervenschwächen, die ihr besonders erschwerten, mit Zeitungsfrauen, Steuerbeamten, Kohlen-, Wein-, Bierhändlern und ähnlichen Leuten zu verhandeln, die in einer Wirtschaft ihre Rolle spielen. So mußte sich denn Miele auch damit abgeben; und siehe da! es gelang ihr, und auch dies blieb in Zukunft ihr überlassen, so daß die Frau Ökonomierat jetzt tatsächlich weiter nichts zu tun hatte, als sich von Miele bedienen und pflegen zu lassen.

10

Der Mai war vorüber. Es war prächtiges Frühlingswetter. Unten der Garten stand in Flor und Düften, und die Reihen der hochgestengelten Rosen waren über und über in voller Blüte. Im klarsten Blau prangte der Himmel. In den Gärten der Nachbarschaft sangen die Meisen, Finken, Stare und Drosseln, und die Schwalben durchschossen unter jauchzendem Gezirp und Gezwitscher die reine, warme Luft und übten ihre schwippzierlichen Flugmanöver. Die Frau Ökonomierat war wieder völlig auf dem Damm.

Ganz prächtig hatte sie sich erholt und hatte ordentlich rote Bäckchen bekommen.

Sie saß täglich mit einer Handarbeit im Garten, wo sie fast alle Mahlzeiten einnahm und außerdem zu ihrem Nachmittagskaffee meistens Besuch hatte.

Miele war also jetzt viel in der Wohnung allein. In ihren Freistunden saß sie über ihrer Stickarbeit.

In den schönen Frühling kam sie freilich nur selten hinaus.

Aber sie entbehrte das auch weiter nicht so sehr. Sie war nichts weniger als eine Naturschwärmerin und fühlte sich schon wie im Himmel, wenn sie nachmittags mit ihrer Stickerei am weitoffenen Küchenfenster sitzen konnte und unter ihren sauberen, sorgfältigen Stichen all die schönen Farben und Figuren entstehen sah. Wenn sie dabei mal in die Höhe sah, dann erblickte sie immerhin ein gut Stück blauen Himmel, sah unten im Garten die schönen Blumen, sah die Schwalben fliegen, hörte die Vögel singen, und außerdem gab's drüben an der Straße immer alles mögliche zu sehen und fast immer auch unten im Garten eine Unterhaltung, die in der Regel so laut geführt wurde, daß Miele an ihrem einsamen Plätzchen jedes Wort verstehen konnte.

Eines Nachmittags saß sie wieder so auf ihrem Fensterstuhl und stickte.

Die Frau Ökonomierat saß unten an ihrem Tisch, der weiß überdeckt war und zierliches Kaffeegeschirr trug und in der Mitte einen Kuchenteller mit allen möglichen Raritäten, zu denen es natürlich auch Schlagsahne gab. Denn die Frau Ökonomierat hatte wieder Kaffeebesuch.

Frau Schulze war da. Mit ihrer Tochter Paula diesmal, die aus Erfurt zu einem kleinen Besuch herübergekommen war. Außerdem saßen noch die Wirtsfrau mit am Tische und noch eine Cousine der Frau Ökonomierat, die auch schon in den Sechzigern stand.

Sie war eine alte Jungfer und hieß Fräulein Firnau, war Rentiere und lebte in guten Vermögensverhältnissen. Aber sie litt an einer Herzkrankheit; doch war sie dabei so robust, knochig und lebhaft, daß die Frau Ökonomierat sie der Frau Schulze gegenüber manchmal »den Dragoner« nannte.

Sie hatte schon ein paar so schwere Anfälle bestanden, daß die Ärzte sie bereits aufgegeben hatten. Aber, sieh da! die tapfere und unverwüstliche Rosalie hatte sich jedesmal prächtig wieder herausgemacht.

Sie verhielt sich bei diesen Anfällen, ohne auf die Ärzte zu achten, ganz, wie es ihr beliebte.

Heute schwärmte sie da unten, obgleich sie erst vor vierzehn Tagen wieder einen Anfall zu bestehen gehabt hatte, von ihrer diesjährigen Sommerfrische. Und zwar ganz mutterseelenallein, wie jedes Jahr, gedachte sie sie zu machen, ihre Sommerreise. In den Harz wollte sie reisen. Nach Schierke, und von da aus auf den Brocken hinaufpromenieren. Und jeder von den Kaffeegästen wußte, daß sie das wirklich tun würde.

»Was geht mich denn mein Herz an! Mir gefällt Gottes schöne Welt und damit basta! Und ich will sie genießen, solange, wie's nur irgend geht!«

Darauf entwarf sie eine lange, enthusiastische Schilderung, wie schön es im Harz wäre. Auch vom Thüringer Wald erzählte sie und von der Wartburg.

Das alles hörte Miele Wort für Wort, und sie hatte davon die schönste Unterhaltung. Besonders gefiel ihr, was Fräulein Firnau von der Wartburg erzählte. Sie sah alles ganz deutlich vor sich. Es war so schön, als wenn ein Märchen erzählt würde. Von Luther erzählte Fräulein Firnau, vom Sängerkrieg und von der heiligen Elisabeth, von der Frau Holle und von Wagners »Tannhäuser«, denn auch Fräulein Firnau war wie ihre Cousine und Frau Schulze eine eifrige Theaterbesucherin.

Alles behielt Miele im Gedächtnis, besonders das von der heiligen Elisabeth.

Die Frau Ökonomierat ihrerseits war bei sehr guter Laune. Sie hatte den Besuch ihrer Cousine gern. Rosalie, die herzkrank war und doch immer wieder durchkam, beruhigte sie über die Nervenanfälle, die ihr von der Influenza zurückgeblieben waren.

Auch das Fräulein Paula mischte hin und wieder ihr spitzes Stimmchen mit in die Unterhaltung. Sie hatte ein weißes Frühlingskleid mit bunten Schleifen und einem elastischen Bronzegürtel an und trug auf ihrem schwarzen Haar einen wunderschönen lichten Strohhut.

Sie sprach davon, daß »Mama« dies Jahr mit ihr und ihrem Bruder nach Rügen fahren würde. Von Stettin aus würden sie den Dampfer nach Saßnitz benutzen. Dort würden sie in einer Villa gerade über dem Meere wohnen und Partien nach dem Königsstuhl und nach Stubbenkammer machen. Dort gäbe es einen »himmlischen Buchenwald« und ganz spitze, schneeweiße, hohe Kreideberge. Das mache sich zu dem dunkelblauen Meer »so romantisch«.

Miele spitzte die Ohren. Das war wieder etwas Neues. Noch nie in ihrem Leben hatte sie davon gehört. Und sie wußte für den Augenblick nicht, was nun schöner und »himmlischer« wäre: die Wartburg und die heilige Elisabeth oder der »himmlische Buchenwald«, das blaue Meer und die spitzen, weißen Kreideberge. – O, ganze Berge, Berge! – aus richtiger, weißer Kreide, wie sie Meister Hebestreit, der Krämer in ihrem Dorfe, verkaufte, und mit der sie in der Schule auf die große schwarze Tafel geschrieben hatten? Ohren, Mund und Augen sperrte Miele auf vor Erstaunen.

Aber plötzlich erschrak sie, daß sie feuerrot wurde und schnell den Fensterflügel halb zumachte, um sich hinter ihm verstecken zu können.

»Tanteken Rat!« hatte nämlich Frau Schulze angefangen. »Sagen Sie mal, warum lassen Sie das Meechen, die Miele, nich 'n bißchen mit hierher? Die arme Deern verputtet ja janz un' jar da oben in ihrer Küche. – Sie is ja doch 'ne Kinstlerin un' beträjt sich ja doch auch janz angenehm un' manierlich. Sie müssen 'n bißchen auf ihr Selbstbewußtsein wirken. Man muß an den Dienstboten 'ne jewisse Pädajojik üben.«

Um Gottes willen, dachte Miele. Nicht um alles in der Welt hätte sie sich da unten mit an den Tisch setzen mögen!

»Sie sollten sie 'n bißchen mit an jebildeter Unterhaltung teilnehmen lassen. Es is wirklich schade um das Meechen.«

Aber die Frau Ökonomierat widersetzte sich diesmal mit aller Entschiedenheit.

»Dienstboten sind Dienstboten!« entschied sie sehr hochdeutsch, sehr würdig, sehr betont und vielleicht sogar etwas kühl. »Und Dienstboten gehören nicht an den Herrschaftstisch!«

Tief erleichtert und ihrer Herrin herzlich dankbar, atmete Miele auf.

Frau Schulze schien jetzt einen besonderen Narren an Miele gefressen zu haben. Und eines Tages sollte Miele einen förmlichen, wenn schon im übrigen vielleicht ganz vorteilhaften Anschlag von ihr zu bestehen haben.

Die Sache stand so, daß Frau Schulze sehr stolz darauf war, Mieles Genie entdeckt zu haben, und daß sie sich's in den Kopf gesetzt hatte, aus Miele einen diesem Genie angemessenen kultivierten Menschen zu machen.

Ein paar Tage nach jener Kaffeevisite traf Miele bei ihren Vormittagseinkäufen zufällig an einer Straßenecke mit Frau Schulze zusammen und wurde von dieser sogleich angehalten. »Kiek da! Miele! – Jut, daß ich Sie mal so hibsch alleine treffe! – Meechen! Sehn Sie mal! Is das das Weihnachtskleid?!«

»Näh!« antwortete Miele zurückhaltend, denn sie machte sich eigentlich nicht viel aus Frau Schulze. »'s is jä bloß mei' Kattunkleid.«

»So! Man Ihr Kattunkleid!« – Frau Schulze lachte. »Steht Ihnen aber sehr propper! – Na, un' was macht die Stickerei? Jeht's jut?«

»Ja–e!«

»Na, ich weiß! Ich habe schon mit Frau Weißbach drüber jesprochen,« fuhr Frau Schulze gönnerhaft fort. »Sie is sehr zufrieden mit Ihnen! Da machen Sie ja denn janz jute Jeschäfte. Nich'?«

Miele schwieg.

»Haben Se mir zu verdanken, Miele!«

Miele schwieg.

Ihr Schweigen gab der redseligen Frau Schulze eine kleine Bremse. Freilich eine mehr unbewußte. Denn im übrigen ließ sie nicht locker.

»Na, aber sagen Sie mal, Meechen! Wie wäre denn das, wenn ich Ihn' ein' Vorschlag machte? Wie?«

Miele starrte Frau Schulze an. Sie hatte keine Ahnung, was diese meinte.

»Die Tante Rat is ja jewiß 'ne jroßartige alte Dame. Sie is jewiß auch jut. Aba erstens hat sie kein Verständnis für Ihr Schenie, außerdem aba verputten Sie bei ihr, Miele! Sie sollten eigentlich 'n bißchen mehr an sich selber denken. Sagen Se mal, wie wär' denn das, Meechen, wenn Sie z. B. zu mir kämen? Als Jesellschafterin, oder als Stubenmeechen? Ich jeb' Ihn' 'n hibschen Lohn, un' Sie können sticken, soviel Sie wollen. Auch Ausjang soll'n Sie haben, wie sich's jeheert. Sie kommen ja jar nich an die frische Luft! Ich bitt' Sie, e' Meechen in Ihr'm Alter! Sie sind ja doch noch im Wachsen. Na? – Ich wer' der Tante Rat schon 'n andres ordentliches Meechen verschaffen. Ich hab' mir nu' mal in Kopp jesetzt, daß ich was aus Ihn'n machen will. 's is mein Ernst, Miele! Jreifen Sie zu! Ich jeb' Ihnen achtzig Mark 's Jahr. Ich hab's dazu. – Na?«

Miele hatte das alles Wort für Wort mit offnem Mund und Augen mit angehört. Aber kein Wort hatte sie davon verstanden. Lange verhielt sie sich schweigend, Frau Schulze mit einem sonderbaren Blick von oben bis unten anguckend.

Endlich brachte sie in ihrer mißtrauisch bedachten Bauernart ihr »Nä!« hervor.

»Nä! – Nä!« machte ihr Frau Schulze nach. »Miele, Sie sin' 'ne alte Bauersche! Na, un' warum also nich'?«

Aber Miele schwieg nur.

»Na, allons!« lachte Frau Schulze. »Warum also nich'! Sind Sie meschugge?! Ich will Ihn' achtzig Mark jeben, Sie können sticken, so viel wie Sie wollen, Sie soll'n leben wie'n Fräulein: un' das Meechen sagt: Nä! – nä! – Hat der Mensch denn zu so was Worte?!« schrie Frau Schulze. »Denken Sie etwa, der Tante Rat is es nich' janz ejal?! Die braucht 'n Meechen, ob Sie oder 'ne andere: janz ejal. Lassen Sie mich man machen! Na?«

Wieder schwieg Miele lange. Und wieder brachte sie endlich nichts über die Lippen, als ihr kurzes, sonderbar gedehntes »Nä!« – Nur huschte ihr diesmal blitzschnell ein kleiner Schatten über die Stirn. Denn das hatte sie gekränkt, daß Frau Schulze gesagt hatte, der Frau Rat wäre es egal, ob sie Miele oder ein anderes Mädchen hätte.

Kurz, Frau Schulze brachte von nun an überhaupt kein Wort mehr aus Miele heraus und mußte sie stehen lassen und kopfschüttelnd und lachend ihrer Wege gehen.

11

Wieder war ein Jahr vergangen, und es war wieder Frühling und wieder um dieselbe Zeit.

Miele stand jetzt in ihrem Achtzehnten. Sie war immer noch ein kleines, mageres Ding. Doch hatte sie sich körperlich ein wenig vervollkommnet. Sie war etwas runder geworden, hatte weichere Hüften bekommen und einen Busen.

Kurz, sie war in das Alter gelangt, wo ein junges Mädel seinen Schatz zu haben pflegt, und in dem Männlein und Weiblein für gewöhnlich ihr erstes Erlebnis haben.

Auch Miele sollte denn wirklich ihr Erlebnis bekommen. Und dieses »Erlebnis« sollte ein ehrenwerter Soldat, namens August Pfannstiel, werden.

August Pfannstiel diente bei den Neunundsechzigern, oben in der Kaserne über der Stadt und der Kögelbrücke, auf der Höhe der Wilhelmsallee, in der Nähe des Stadtwaldes, der »das Webicht« heißt. Er fungierte aber als Bursche bei einem Leutnant, der ganz in der Nähe der Frau Ökonomierat wohnte.

Miele, die zu Hause der ganzen Wirtschaft vorstand, genoß jetzt immerhin mehr Bewegungsfreiheit. Und so kam es, daß sie ab und zu auch mal abends bei dem schönen Wetter ins Freie ging.

Da standen denn nun oder promenierten die jungen Burschen mit ihren Schätzen in der schönen Abenddämmerung umher, oder sie gingen in die Felder hinaus, die hier ganz in der Nähe waren.

Der Zufall wollte, daß Miele setzt auch einen Umgang hatte. Eine Landsmännin und sogar Schulfreundin von ihr, die Meinerts Lina hieß, war seit vergangenem Herbst in der Nähe bei einer Herrschaft als Stubenmädchen in Stellung. Sie war ein hübsches und lustiges Mädchen. Miele hatte sie sehr gern. Mit ihr traf sie sich abends öfter; sie spazierten miteinander ins Feld hinaus und plauderten sich etwas. Es schadete nichts, daß seit einem Monat Linas Schatz mit von der Partie war, ein herrschaftlicher Diener. Sie gingen jetzt eben zu dreien. Er wußte die beiden Mädels so gut zu unterhalten, daß Miele ordentlich aufgekratzt wurde.

Eines solchen Abends aber trat das »Erlebnis« an Miele heran.. – Linas Schatz brachte seinen Freund August Pfannstiel mit.

Es versteht sich, daß er in gut gebürsteter Uniform kam, mit der Kommißmütze auf seinem hellblonden Kopf. Ein Kraushaar war August. Und ein adretter und munterer Kerl, mit einem aufgezwirbelten, hübschen blonden Schnurrbärtchen über einem hübschen roten Mund, der immer lachte. Braunrote Backen hatte er und ein Paar gescheite braune Augen, deren untere Lider sich immer etwas in die Höhe wulsteten, was sich sehr lustig, gescheit, gutmütig, schlau und gemütlich ausnahm.

Auf den ersten Blick gefiel er Miele. Sie wurde freilich insofern wieder die frühere Miele, als sie gleich in sich selbst hineinkroch und furchtbar dumm und blöde wurde. Aber diesmal wirklich nur deshalb, weil August ihr gefiel.

Er war übrigens gleich in seiner munteren Weise – etwas tastend und sich orientierend zunächst noch – sehr artig.

Lina ging mit ihrem Schatz voran, August mit Miele folgte nach. Und so wanderten sie in das abendliche Feld hinein, am Zaun einer Baumschule entlang, die zu einer Großgärtnerei gehörte und am Fuße eines langen Feldhügels hinlief.

Auf den schon hochstehenden Getreidestrecken lag die Dämmerung unter einem letzten Abendrot, in das die liebliche Scheitellinie des Hügels ihre Silhouette zeichnete. Eine letzte Lerche sank mit schrägem Fall trillernd in die hohen, wispernden Getreidewogen, und im Weggras sangen die Grillenchöre ihr unermüdliches Abendlied.

Miele hatte ihr schmuckes Kattunkleidchen an. Sie war im bloßen Kopf, und ihre aschblonden Zauslocken hingen über ihre etwas hohe Stirn, an den Schläfen herunter und in die Backen hinein.

Mit aller Macht kniff sie sich förmlich in sich selbst hinein. Denn ein Gefühl war ja über sie gekommen, das sie noch nie in ihrem Leben gekannt hatte. Sie hatte mit einem Male Gedanken, allerlei krause, wunderliche Gedanken, vor denen sie erschrak, deren sie sich schämte, weil ihr war, als könnte jeder sie ihr vom Gesicht ablesen. – Außerdem fühlte sie, wie August jeder Fiber in ihr angenehm war. Der Klang seiner frischen, munteren, hübschen Tenorstimme, seine lustigen, gutmütigen und gescheiten Augen, seine hübsche, kräftigschlanke Figur und seine intelligenten Bewegungen taten es ihr ganz und gar an und versetzten sie in solch einen sonderbaren Rausch.

Sie bekam schließlich direkte Anwandlungen, ohne jeden Abschied auszureißen und spornstreichs nach Hause zu laufen.

Und doch war es merkwürdig, daß Miele das auch wieder nicht fertigbringen konnte, so sehr sie beständig mit der Absicht rang.

Denn August hatte fortwährend etwas zu fragen und zu sagen. Und es war merkwürdig, daß Miele ihm immer wieder darauf antworten und Bescheid geben mußte. Ganz gewiß nicht aus Höflichkeit; denn Miele wußte gar nicht, was Höflichkeit war. Und auch gewiß nicht mit ihrem Willen. Aber gerade dadurch wurde sie immer verwirrter, weil sie sich selber so sonderbar vorkam.

»Sie sind also bei der Frau Ökonomierat Behring, Fräulein?« fragte August.

»Ja–e!« antwortete Miele hastig und aus ihren Gedanken aufgeschreckt.

August lächelte ein bißchen, als er dies »Ja–e!« vernahm. Aber Miele, die sonst alles sah und merkte, nahm das gar nicht wahr.

»Feine Stellung bei so 'ner alten Dame!« fuhr August höflich fort. »Wenn se noch a paar Jährchen lebt, denn hat se ihr Testament gemacht. Muß sich einer warmhalten. Feine Sache, Fräulein!«

Miele wußte nicht, was sie darauf sagen sollte. Sie hatte sich noch niemals um die Vermögensverhältnisse und um ein etwaiges Testament der Frau Ökonomierat bekümmert.

»Sind Sie schon lange dort?« fragte August Pfannstiel weiter.

»Zwei und e' halbes Jahr,« antwortete Miele leise und blöde.

August Pfannstiel stellte aus dieser Art zu antworten fest, daß er einen entschiedenen Eindruck auf Miele machte. Das befriedigte ihn natürlich. Im übrigen aber fand er es kurios. Los ist mit ihr nicht viel, dachte er. Er fand, daß es ein Kunststück wäre, die Unterhaltung weiterzuführen. Es entstand denn auch eine ziemliche Pause, in der August sogar leise vor sich hinpfiff.

Lina wandte sich, über die Schulter ihres Schatzes weg, mit einem erstaunten Lächeln nach dem Paare um.

August Pfannstiel aber grinste Lina mit so einem gewissen Blicke an, daß Lina etwas verlegen wurde und sich wieder abwandte, als habe sie nicht gerade das beste Kompliment über ihre Schulfreundin erhalten. Miele für ihr Teil war beim Ausreißen, wie noch nie vorher.

Trotzdem machte August natürlich mit der Höflichkeit eines Offizierburschen einen weiteren Versuch, die Unterhaltung in Fluß zu bringen.

»Ich habe Sie schon öfters gesehen, Fräulein,« fing er wieder an und wulstete seine fidelen, schlauen Augenlider noch höher und runder, so daß seine Augen jetzt zwei rosige Riesen waren. »Auf der Straße. Aber ich mißte mich sehre irren, wenn ich Sie nicht letzten Sonntag ooch in Ehringsdorf tanzen gesehen hätte.« August lachte, wie er das sagte.

»Nä!« sagte Miele. – Sie strahlte förmlich und war dabei feuerrot geworden. Vor Freude, daß August ihr zutraute, sie wäre zu Tanze gewesen. Sie warf ihm jetzt sogar einen Blick zu. »Ich bin ja gar nich' in Ehringsdorf gewese!«

August erwiderte ihren Blick sehr amüsiert mit seinen beiden rosigen Riesen und kicherte. »Nu, das woll'n Se doch bloß nich' Wort hab'n!« fuhr er fort. »Aber ganz gewiß hab' ich Sie gesehn. Und Sie haben getanzt. Mit ein'm Soldaten hab'n Sie getanzt.«

»Nä! – Ich kann ja gar nich' tanze!« sagte Miele wie vorhin.

»I, sin' Se nur stille!« August lachte jetzt ganz laut. »Wenn ich's nich' gesehn hätte!«

Tanzen? – Ehringsdorf? dachte Miele. Sie wußte ja noch gar nicht mal, was Ehringsdorf war, und wo das lag, obschon es dicht bei Weimar an der Belvederer Allee liegt. – Und mit einem Soldaten!

Sie konnte das jetzt nun doch nicht mehr recht mit anhören, so sehr es ihr vorhin auch geschmeichelt hatte. »Nä!« wehrte sie leise und verlegen ab.

»Nee, sagen Sie mal: Sie können wirklich nich' tanzen?« August Pfannstiel wußte das natürlich von Anfang an. Er zog die gute Miele ja nur auf! »Na, dann müssen Se's aber lernen!«

»Ich geh' ja gar nich' aus!« sagte Miele.

Diesmal verstummte August ganz und gar. Er dachte bloß noch: Ach herrjeh! – Er blickte sogar beiseite und zog ganz kurz ein paarmal hintereinander die Luft in die Nase ein.

Nun riß Miele wirklich aus. Mit einem Male huschte sie lautlos nach vorn an Linas Seite, krabbelte, fast ohne zu wissen, was sie tat, nach Linas Hand und flüsterte hastig und mit einem ganz sonderbaren Lächeln: »Ich muß gieh'! Ich darf nich' meh' wagbleibe!«

Lina wollte was sagen und ein erstauntes Gesicht machen, aber Miele war schon von ihr fort und wollte eben ohne weiteres auch an August Pfannstiel vorbeilaufen, da rief August sie an: »Nanu?! – Un' ich krieg' nich' mal 'ne Hand, Fräulein?!«

Miele blieb sogleich, aber halb mit dem Rücken gegen ihn, gesenkten Blickes und feuerrot stehen. Aber dann kam sie wirklich zu August hin und gab ihm ein einziges Augenblickchen die Hand. August lachte lustig, und auch die beiden anderen lachten, Miele aber rannte spornstreichs den Weg zurück nach Hause.

August Pfannstiel wollte sich ausschütten vor Lachen. So eine hatte er noch nicht erlebt. Er schlug sogar mit beiden flachen Händen vor innigem Vergnügen mehrmals auf die Schenkel.

»Hihihihi! – Sie reißt aus! Sie reißt aus!«

Aber Lina, die wohl merkte, was für ein Kompliment das für Miele bedeutete, nahm ihre Freundin in Schutz.

»Se is bluß bleede! – Halten Se sich die nur ja warm, August! Die is gar gut! Die hot Charakter! Die hot ihr'n Kupp fer sich! Wan die garne hot, dar hot's nich' schlacht! Die arwet oo' noch a' mol Gald! Un' dann verdient die oo' gar viel schienes Gald mit 'm Kunststicken!«

August kniff die Augen zusammen, machte ein etwas langes Gesicht und hörte aufmerksam zu. Aber er sagte nichts. Er lachte bloß.

Immerhin, er mochte sich die Sache wohl überlegen. Denn er saß da oben in der Mansarde bei seinem jungen Leutnant nicht gerade im Fette.

Miele ihrerseits war also spornstreichs nach Hause gelaufen. Sie fand die Frau Ökonomierat bei dem schönen, warmen Wetter noch im Garten. Die unvermeidliche Frau Schulze war bei ihr.

Sie drückte sich an den beiden vorbei und huschte schnell in ihre Küche hinauf. Und dann saß sie noch lange stumm und starr auf ihrem Fensterplatz und hatte viel neue, angenehme, schmerzlichsüße und ganz erstaunte Gedanken . . .

12

»Na, die kriegen wir nich' wieder zu sehen!« hatte August gestern abend noch gesagt. Aber er hatte sich geirrt. Es war so ziemlich das Unglaublichste, selbst Lina hatte es nicht gedacht: Miele stellte sich am nächsten Abend wieder ein. Und es verstand sich, daß sie August Pfannstiel, der spaßeshalber auch gekommen war, wieder zum Partner bekam.

Wieder gingen die vier, Lina mit ihrem Schatz voran, August mit Miele hinterdrein, in das freie Feld hinaus.

Aber diesmal stiegen sie zu dem »Silberblick« hinauf, wo das Wäldchen »Hasensruh« liegt, dicht bei einer alten holländischen Mühle, die wie ein altersgrauer Wachtturm, der von einer Ruine übriggeblieben ist, im Felde liegt.

August Pfannstiel merkte mit seinem Kennerblick ganz genau, daß Miele in aller Naivität bis über beide Ohren in ihn verliebt war. Hm! Sie schien also auftauen zu können! August erinnerte sich an das, was ihm Lina gestern abend noch über Miele gesagt hatte. Es erschien ihm jetzt sehr wahrscheinlich. Es war also vielleicht doch was bei ihr zu holen. August dachte an seine Mansarde. – Er würde sicher auch seinen Spaß an ihr haben.

Mit solchen Gefühlen und Erwägungen stieg August mit Miele zu »Hasensruh« hinauf.

Miele aber war wirklich sehr angenehm zumute. Sie war ja so wenig aus ihrer Küche herausgekommen, daß sie in den ganzen zweieinhalb Jahren, die sie nun schon bei der Frau Ökonomierat war, noch nicht einmal die Gegend kennen gelernt hatte, die doch in unmittelbarster Nähe der Grunstedterstraße lag.

Wie sie da jetzt zu dem schönen Wäldchen hinaufstieg, kam sie sich wie verzaubert vor, wie in eine ganz neue, fremde Welt versetzt, die an das Weimar, das sie kannte, plötzlich wie von einem Zauberstabe aus einem Märchen herangezaubert wäre.

Sie hatte sich gegen gestern merklich verändert. Sie war ordentlich hübsch. Ihre Backen zeigten eine sanfte Röte, und ihre großen Grauaugen strahlten. Auch der saure Zug an dem einen Mundwinkel war von einem fast anmutigen Lächeln gleichsam verwischt. Und zu alledem kam eine gewisse Verschämtheit, die ihr etwas Reizendes gab und ihre Bewegungen allerliebst elastisch und doch zugleich auch wieder in einer gewissen Weise manchmal unbeholfen lebhaft machten. Sie hatte sich ja sogar ein weißes Halskrägelchen umgetan und ein buntes Schleifchen drumgeknüpft.

Vorderhand war sie übrigens nicht redseliger als gestern, und August hatte erst wieder die Unterhaltung in Gang zu bringen. Das Wetter war reichlich so schön wie gestern abend. Und die Gegend war heute noch viel schöner.

Es ging an einem langen Garten hinauf, über dessen Staket blühender Flieder, Goldregen und Rotdorn hingen. Zur Rechten dehnte sich der Feldhügel mit seinen Kartoffelfeldern und wogenden Getreidebreiten. Und dann kam das Wäldchen »Hasensruh« mit seinen lauschigen Dämmerungen zwischen Birken, Buchen, Eichen und dunklen Tannen. Hier gab es auch Bänke, auf denen man sich gemütlich einrichten konnte. Und außerdem hatte man ein herrliches Panorama gegen den Ettersberg hin, den man von hier oben in seiner ganzen Länge von der Hottelstedter Ecke bis über Schöndorf hinaus, das über Tiefurt liegt, übersieht. Wie ein riesiger, buntfarbiger Drache liegt er zum Schutze der Stadt und ihres weiten, traulichen Muldentales ausgestreckt. Oben auf seinem Scheitel, wie Borsten, die dichte, langgestreckte, schön schwarzblaue Waldung.

Außerdem aber gab es einen prächtigen bunten Blick auf die Häusermassen der Stadt hinab mit ihren pittoresken Farben unter den schwarzblauen, von Ziegeldächern mit roter Farbe durchsetzten Flächen der vielen Schieferdächer. Die beiden Kirchtürme ragten in die weite, klare Kuppel des blauen Abendhimmels.

Die Abendsonne illuminierte diese ganze ausgedehnte Pracht mit lieblichen rosa, lilafarbenen und lichtvioletten Lichtern und verfing sich goldgleißend in den vielen Fenstern, die sie von ihrer westlichen Richtung her traf. Unten am Ettersberg fuhr ab und zu ein Eisenbahnzug hin mit langgezogener, klarer Rauchfahne und aus seiner Ferne bis hierher herüberschallend.

Miele war ganz berauscht. Alles das bedeutete für sie hundert neue Herrlichkeiten; und gar in dieser Stimmung ihrer Verliebtheit, und so mit einem Male, so ganz unerwartet.

Auch in der Nähe war's schön. Da stand gleich bei dem Wäldchen »Hasensruh« die romantische, graue, alte Holländer Mühle mitten in einem schönen, langgestreckten Obstgarten. Und dann gab's hier oben so viele schöne Feldwege. Und die Heimchen schrillten. – In den Gärten lagen hübsche Berghäuschen. Und die großen, dunklen Silhouetten der Feldscheunen weit draußen im freien Feld hoben sich gegen den schönen, blauen, rötlichen, gelben und apfelgrünen Abendhimmel. In den Wipfeln von »Hasensruh« zwitscherten noch die Meisen, eine Drossel sang, ein Specht pochte und lachte in das leise, gemütliche Raunen und Rauschen hinein, das die Wipfel rührte.

Lina und ihr Schatz, die jetzt ein größeres Stück voraus waren, bogen in das heimische Dunkel von »Hasensruh« ein. Miele wollte, als sie mit August Pfannstiel gleichfalls herangekommen war, auch in »Hasensruh« einbiegen, aber August tat ein paar Schritte weiter nach dem Feldweg hin, der am Rand von »Hasensruh« hin in das freie Feld hineinführte.

Ein bißchen ängstlich blieb Miele stehen und blickte in das Dunkel von »Hasensruh« hinein. »Lina?!« rief sie.

Aber von den beiden war kaum etwas zu sehen. Außerdem hatte Miele nicht laut genug gerufen. Niemand antwortete.

August Pfannstiel, der ein Stück ab schon auf dem Feldweg stand und sich mit seiner Uniform recht hübsch gegen den Abendhimmel abhob, lachte: »Komm'n Sie nur, Fräulein! Die hab'n sich was zu erzählen! Wir wer'n se nachher schon wieder finden!«

Noch einen Augenblick zögerte Miele. Dann aber schritt sie, wenn auch langsam, auf August Pfannstiel zu und trat mit einem etwas bangen Blick nach seinen fidelen Augenriesen hinauf an seine Seite, um mit ihm den Feldweg hin in die abendliche Feldeinsamkeit hineinzuschreiten.

»'s geht sich doch scheene hier?« August lachte. »Nich'?«

Miele sagte nichts.

»Sagen Sie mal,« rief August, »warum sind Sie denn gestern abend ausgerissen?«

»Nä! – Ich bin doch gar nich' ausgerisse! Ich mußte doch heeme!« antwortete Miele, die rot geworden war.

»Nu, un' ich hatte schon Angst, Sie käm'n heute gar nich' wieder.«

Miele kicherte. – Ja, sie kicherte.

»Nä! Sie hann jä gar keene Angst gehabt!«

»Nee? Wirklich nich'?« machte August, indem er den Kopf zu ihr niederbeugte, leise, indem er ihr mit einem komischen Blick in die Augen sah.

»Nä!« machte Miele und kicherte wieder.

»Ich dachte schon, Sie träfen sich heute mit Ihrem Schatze!«

»Mit meinem Schatze!« rief Miele. Und die stumme Miele lachte jetzt plötzlich, so herzhaft und schön wie ein Silberglöckchen, recht aus ihrer Brust hervor. Sie konnte sich nicht mehr halten vor Vergnügen. Aber sie blickte August nicht an, sondern machte mit ihrem Körper und ihrem Kopf eine allerliebste ausgelassen schwippe und flinke Wendung beiseite, so recht wie ein naiver Backfisch sie zu machen pflegt, und dabei wehten ihr ihre blonden, von der Abendsonne angestrahlten Zauslocken.

»Nu', Sie woll'n mir doch nich' weismachen, daß Sie kein' Schatz hab'n?«

»Nä!«

»Na! Bei welcher Kompagnie steht er also?«

»Ich weeß doch nich'!«

Miele zog den Kopf zwischen die Schultern vor Vergnügen und wollte sich wieder ausschütten vor Lachen.

»Was?! Das hat er Ihn' noch nich' mal gesagt?!«

»Ich habe doch gar keen'?!«

»Was, Sie haben wirklich keen'!«

August Pfannstiel blieb wie angewurzelt stehn, fixierte sie mit großen Augen und schien starr vor Erstaunen.

»Ich kann doch nich' tanze!«

»Sie könnten nich' tanzen!«

»Nä–e!«

»Na, das wär' mer 'ne Ausrede! – Da lern' Se's!«

»Nä!« kicherte Miele. »Wo 'ann?«

»Na, passen Se mal auf! So werd das effektuiert!« rief August Pfannstiel.

Er war stehn geblieben. Auch Miele. Kichernd und in ausgelassenster Neugier blickte sie ihn an.

August aber, die Kommißmütze schief aufs Ohr gerückt, daß ihm ein Busch seiner krausen blonden Haare über den roten Mützenrand ragte, legte jetzt den Kopf auf die Seite, breitete die Arme, als wenn er eine Dame zum Tanz umfaßt hielte, und fing mitten auf dem Feldweg an, sehr zierlich um Miele herumzutanzen. Dabei aber sang er mit seiner hübschen Tenorstimme und sehr gebildetem Ausdruck:

>»Ja so ein Walzer, der ist mein Leben.
>Da liegt, da liegt Musik darin!
>Ja, so im Walzer möcht' ich schweben
>Durchs irdische Dasein dahin.«

»Na?!« rief er. »So wird's gemacht! Is' nich' scheene?!«

»Wohl schunn!« gab Miele Bescheid, indem sie August mit strahlenden Augen ansah und lachte.

»Na, woll'n Se's etwa nich' lernen?!«

»Wo sill ich's denn larne?« kicherte Miele.

»Hier! – Los!« ermunterte August forsch.

»Aber ich weeß ja nich', wie's gemacht werd!«

»Na, zuerst mal 'ne Polka! Die is leichter! – Also so!«

Und wieder setzte August sich wie vorhin in Positur, tanzte und sang:

> »Siehste wohl, da kimmt er!
> Große Schritte nimmt er!
> Siehste wohl, da is er schon,
> Der verrückte Schwiegersohn!«

Diesmal knickte Miele vor Lachen ordentlich zusammen, drehte sich nach der Seite und fast im Kreise um sich selbst herum, daß ihr der Rocksaum flog, und juchzte regelrecht auf, so gefiel ihr August Pfannstiel, und so viel Spaß machte er ihr.

»Na?! Allons! Komm' Se, Fräulein! Keine Müdigkeit vorschützen!«

Und schon tänzelte er auf Miele zu, machte vor ihr eine zierliche Verbeugung und streckte die Arme wieder in Tanzpositur aus.

Einen Augenblick zauderte Miele noch, den Kopf eingezogen und die Hand mit gekrümmtem Zeigefinger am Mund, mit der anderen Hand an ihrem Kleide herumzwirbelnd.

»Oder soll ich einen Korb bekommen?« machte August mit gut gespielter Betrübnis.

Aber da blickte Miele ihm in die Augen, strahlend, fragend und zugleich so tanzbegierig, wie ein junges Mädel von achtzehn Jahren nur sein kann, kam auf ihn zu, ließ sich von August um die Taille nehmen und bei der Hand fassen.

»Also Polka! – Los!«

Und wieder sang August den »Verrückten Schwiegersohn« und tanzte mit Miele los.

Und, sieh' da! Miele tanzte richtig und noch dazu so leicht wie eine Flaumfeder.

Ganz enthusiastisch und halb und halb erstaunt machte August Halt und blickte sie an: »Aber Zucker, Zucker!« rief er begeistert und küßte seine Fingerspitzen. »Und da woll'n Sie mir weismachen, Sie könnten nicht tanzen? Na, warten Sie nur, Sie haben mich angeführt!«

»Nä! – Ich kann doch wirklich nich' tanz'n! Ich ha's doch nich' gelarnt!« kreischte Miele vor Vergnügen.

August Pfannstiel war jetzt aber wirklich ganz aus dem Konzept. Er wurde aus Miele wirklich nicht gescheit. Er war sich ja gut bewußt, daß er sie gestern und heute mehr als einmal aufgezogen hatte, und jetzt war es am Ende gar sie, die sich über ihn lustig gemacht hatte? Er wurde verlegen. Er fand mit einem Male, daß sie eigentlich wie ein Fräulein aussähe. Jedenfalls: wie ein Lenzlüftchen hatte Miele ihm im Arme gelegen, und getanzt hatte sie wie eine Fee.

»Ja, aber Sie können ja doch tanzen?« sagte er mit ganz veränderter Stimme, höflich und ganz verlegen ernsthaft.

Miele wurde sofort still und ängstlich. Sie verstand ihn gar nicht und dachte, sie hätte irgend etwas nicht richtig gemacht.

So gingen sie denn eine Weile schweigend miteinander den Feldweg weiter.

Endlich aber sagte August, und zwar wieder in seinem früheren munteren Ton, der zeigte, daß seine »Psychologie« sich inzwischen auf irgendeine Weise wieder zurechtgefunden hatte: »Polka jedenfalls können Sie!«

»Nä!« Miele wurde rot. »Ich hab' es wirklich nich' gelarnt. – Ich mißte mich doch vor den annern Mächens schame.«

»Na, ich mache Ihn' n' Vorschlag. Wir probieren jetzt abends immer n' Tanz ein. Gelte?«

Miele schwieg.

»Na?«

»Ich weeß nich'.«

»Un' dann gehn mer e' mal n' Sonntag nach Ehringsdorf oder zum Tanze.«

»Ich weeß doch nich'. Wenn nu' de Frau Ökonomierat nich' will?«

»Sie wird schon wollen, wenn Sie nur wollen. Na?«

Aber Miele blieb doch ängstlich.

»Nä, ich weeß noch nich'. – Ich will's mer irscht mal ieberlegn,« entschied sie endlich, aber doch kichernd.

»Na gut! Überlegen Se sich's. – Stehe mit Vergnügen zur Disposition!« erklärte August galant und gebildet, schlug die Hacken zusammen und legte salutierend die Hand an die Mütze. »M. W.! Machen wir!«

13

So kamen dann die vier von jetzt ab jeden Abend um diese Zeit zusammen. Und zwar immer hier oben in und bei »Hasensruh«.

Lina pflegte mit ihrem Schatz eine Bank drin im Wäldchen aufzusuchen, und August promenierte mit Miele den Feldweg hin, wo er ihr Polka, Polka Mazurka, Rheinländer, Galopp, Walzer, Tirolienne und wer weiß was alles für Tänze beibrachte.

Er war ein perfekter Tänzer und Miele eine erstaunlich gelehrige und geschickte Schülerin.

Sie war überhaupt ganz wie ausgetauscht.

Sie ahnte nun schon, was sich Lina und ihr Schatz anzuvertrauen hatten, kümmerte sich nicht mehr weiter um sie und ging ganz in ihrem Tanzunterricht auf. Es war dann aber auch wieder sehr hübsch, wenn sie sich alle vier wieder zusammenfanden und, miteinander plaudernd und spaßend, langsam durch die Abenddämmerung den Berg hinunter und nach Hause gingen.

Zuweilen sangen sie auch. Wenigstens August, der eine hübsche Tenorstimme hatte, und Lina, die einen hübschen hellen Sopran sang. Miele und Linas Schatz konnten nicht so gut oder gar nicht singen. Aber es war schon ganz schön, wenn sie den anderen beiden zuhörten, die Volkslieder, Tanzlieder und Operettenstücke sangen, in welch letzteren sich namentlich August Pfannstiel sehr bewandert zeigte.

Manchmal sprach August mit Miele, wenn sie miteinander allein waren, auch über ganz ernsthafte Sachen. Entweder erzählte er ihr von seinem Dienst oder von seinen Kameraden oder von seinem Leutnant, auch davon, wie knapp es ihm ginge; Berichte, die in der Regel so gruselig dick aufgetragen waren, daß die gefühlvolle Miele sehr mitleidig wurde und, wenn schon ganz unbewußt, den Wink mit dem Zaunpfahl fühlte.

Oder August zeigte Miele die Umgegend. Drüben in der Ferne den dunklen Park von Belvedere mit dem gelben Schlößchen dazwischen und die Dörfer, die im Umkreis der schönen, weiten, hügeligen Fernsicht umherlagen. Der Waldrücken fern am Horizont war das Ilmtal, wo Tiefurt lag. Dort, aus der Ilmtalgegend, stammte August her. Hinter Berka, aus einem Dorf bei Blankenhain. Sein Vater war gleichfalls Kossäte, und auch August hatte noch mehrere Geschwister und mußte später mal zusehen, wie er durchkam. Aber er hatte keine Bange. Er würde bald die Gefreitenknöpfe bekommen, hatte sogar beste Hoffnung, es zum Unteroffizier zu bringen und, wenn's Glück gut war, dann später eine gute Zivilstelle zu bekommen.

Miele hörte das alles sehr andächtig mit an. Im übrigen war sie so verliebt wie nur möglich.

Auf Gegenseitigkeit beruhte das freilich ganz und gar nicht. Dennoch ging August jetzt resolut auf seine besonderen Zwecke los.

Es dauerte nicht mehr lange, und Miele erlebte den glücklichsten Augenblick dieses Verkehrs und ihres Lebens.

Eines schönen Abends war August mit Miele gleichfalls in die traulichen Schatten von »Hasensruh« eingetreten und hatte sich mit ihr, versteht sich zu einer anderen Ecke wie Lina und ihr Schatz begeben, aber an eine Stelle, wo es zwischen Buchen und Büschen eine ebenso schöne, gemütlich verschwiegene Bank gab.

August war nun freilich zu Miele bei dieser Gelegenheit sehr manierlich, aber die Entscheidung fiel, und von diesem Abend an sollte Miele sein Schatz sein.

August hatte Miele auf jener Bank eine ernsthafte, sehr gefühlvolle, ein wahres Meisterstück von Erklärung gemacht, und Miele hatte in der reizendsten Weise von der Welt und glückselig bis in den siebenten Himmel hinein ihr »Ja!« geflüstert.

Darauf hatte August den Arm um ihre Taille gelegt, hatte den Mund zu ihr niedergebeugt und ihr den Verlobungskuß gegeben. Und da hatte Miele sich an ihn angedrückt und ihm einen Kuß gegeben, der August durch Mark und Bein gegangen war und ihn wirklich ganz aus dem Konzept gebracht hatte.

Er war still geworden und war ganz verdutzt und erstaunt und verlegen und doch für den Rest des Abends sogar fast verliebt gewesen.

So innig und fest hatte Miele sich an ihn angeschmiegt, daß er ordentlich ihr heißes Herz an seiner Brust gefühlt hatte. Und wie sie ihm beständig mit ihren großen, leuchtenden Augen fest in die seinen sah, das konnte er schließlich kaum noch aushalten. Es war ihm fast bang. Er fühlte, daß selbst das schönste Mädchen nicht mit so einer Liebe lieben könnte, wie Miele liebte.

Und wieder hatte er's mit dem sonderbaren Gefühl, daß sie ganz wie ein Fräulein wäre.

Ja, Miele war mit einem Male wirklich schön gewesen und sonderbarer, als man's sagen konnte.

Und diesmal war es August, der sich nachher beim Nachhausegehen ganz verwirrt von Miele verabschiedete, während Miele ihm heiß und fest die Arme um den Nacken schlang – auf offener Straße, ohne weitere Rücksicht! August blickte ordentlich ängstlich nach allen Seiten umher – und da drückte sie ihm noch einen tüchtigen Kuß auf den Mund.

Dann, als sie gegangen war, wandte sie sich noch einmal gegen August herum und rief: »Auf Wiedersehn!« Und noch einmal wandte sie sich dann um und winkte ihm zu. Auf eine Art, dachte August in seiner Verwunderung, wie es eigentlich nur vornehme Leute tun.

Ganz kopfverdreht begab sich August, verlegen, beschämt, fast verdrießlich – zu seinem Leutnant und seiner Mansarde? – nein, sondern zu seinem eigentlichen Schatz . . .

Es war an einem Sonnabend nach diesem Ereignis, das sich in der ersten Hälfte der Woche vollzogen hatte. August und Miele hatten sich wieder, diesmal aber ohne die beiden anderen, getroffen. Er verabredete, daß sie nach Ehringsdorf zum Tanz gehen wollten. »Aber morgen noch nich', Miele! Nächsten Sonntag! Morgen kann ich nich'!«

Aber Miele konnte diesen Sonntag auch nicht kommen. Denn die Frau Ökonomierat hatte einen größeren Kaffeebesuch, und Miele mußte aufwarten. So verabredeten sie sich denn auf den nächsten Sonntag. Für ganz gewiß.

Doch August hatte noch ein Anliegen. Er war überhaupt so zerstreut, eilig und gedrückt, daß Miele ängstlich und besorgt wurde.

Kurz und gut: er erzählte ihr wer weiß was für eine heikle, verzwickte Mordgeschichte, weshalb er auf der Stelle fünf Mark brauche.

Oh, wenn's weiter nichts war! Ganz beglückt sagte Miele ihm auf der Stelle das Geld zu. Und zwar verabredeten sie, daß August es am nächsten Morgen früh zu einer bestimmten Stunde an einer bestimmten Straßenecke haben sollte. Darauf hatte August sie dankbar, aber eilig umarmt und war davongelaufen.

Miele war zwar sehr bang wegen der Frau Ökonomierat. Aber die Liebe macht erfinderisch. Kurz und gut, sie erzielte von der Frau Ökonomierat das Geld, und zwar nicht bloß fünf, sondern zehn Mark. Auf das Gebrumm der Frau Ökonomierat achtete sie diesmal gar nicht weiter.

Am nächsten Morgen zur verabredeten Zeit bekam August zwei schöne, blanke, große Fünfmarkstücke in die Hand gedrückt.

Am Nachmittag war dann bei der Frau Ökonomierat große Kaffeevisite.

Unter den Gästen befand sich auch eine gute Freundin der Frau Ökonomierat, die in der Windischengasse wohnte, in der Nähe des Marktes, und die ihren Arbeitsbeutel vergessen hatte.

Miele bekam den Auftrag, ihn ihr aus ihrer Wohnung zu holen.

Es war gegen vier Uhr, als Miele aufbrach, um diesen Auftrag auszuführen.

Am Hoftheater vorbei bog sie in die Schillerstraße ein, um von hier zum Markt und der Windischengasse zu gelangen.

Plötzlich aber, wie sie eilig die Straße hinuntergeht, sieht Miele drüben auf dem anderen Trottoir einen Soldaten in schmucker Sonntagsmontur, der, den Arm um ein Mädchen gelegt, langsam das Trottoir hinunterschlendert, eine forsche Zigarre im Mundwinkel. Das Mädchen ist fein angeputzt. Sie hat eine mächtig runde Brust, breite, runde Hüften und schöne rote Backen und ein Paar schöne, große, schwarze Augen und guckt dem Soldaten immer ganz selig in die Augen.

Der Soldat aber ist – August Pfannstiel! . . .

Kreidebleich, wie vom Blitz getroffen, bleibt Miele stehen.

Lange, lange starrt sie hin, wie durch einen Nebel starrt sie da hinüber.

Und mit einem Male bricht sie, die kleine Miele, in ein ganz sonderbares, hartes Lachen aus und ruft mit so einem sonderbaren Hohn: »Ach so, ums Gald!!«

Noch einen Augenblick steht sie und starrt vor sich nieder. Ihr Mund ist dabei wieder fest geschlossen und hat wieder an der einen Seite den merkwürdigen sauren Zug, und ihre Augen sind ganz groß und starr. Dann rafft sie sich auf, eilt in die Windischengasse, holt den Arbeitsbeutel, rennt wieder nach Hause, übergibt ihn und huscht da oben in ihre stille, einsame Küche hinauf . . .

14

Das war Mielens großes Erlebnis. Sie war von jetzt ab wieder die alte.

Aber sie hatte ein Geschehnis hinter sich, das ihr Wesen viel zu plötzlich und viel zu glückselig aus ihr hervorgetrieben hatte, als daß Miele sich bei ihrem selbständigen Charakter nicht noch weit tiefer als vorher in sich selbst zurückgezogen hätte. Miele war jetzt vielleicht noch ein viel wunderlicheres Mädchen als vorher. Und was die Hauptsache war: sie blieb es auch.

Sie hatte nun nichts mehr und bekümmerte sich um nichts weiter als um ihre Herrin und um ihre Stickerei. Aber gerade in dieser letzteren machte sie von dieser Zeit an ganz besondere und auffallende Fortschritte, so daß sie bald die schwierigsten und feinsten Seidenstickereien anzufertigen imstande war.

Um das Geld, das sie dafür bekam – und das wurde mit den Jahren ein recht ansehnliches Stück Geld – bekümmerte sie sich nicht im mindesten. Sie gab alles der Frau Ökonomierat, die es mit einem Interesse und Eifer verschloß, als ob es ihr eigenes Geld wäre.

Von dieser Zeit an lebte Miele noch zwölf und ein halbes Jahr, bis zu ihrem dreißigsten und bis zum gesegneten fünfundachtzigsten ihrer Herrin, bei der Frau Ökonomierat und verkehrte so gut wie ausschließlich Tag für Tag nur mit ihr. Sie ging fast gar nicht aus in dieser Zeit, außer ihre gewohnten Einholegänge. Und dabei bekam sie ein merkwürdig elfenbeinbleiches Gesicht mit frühzeitigen Falten. – Ein einziges Mal war sie in dieser Zeit, zur Kirmes, in ihrer Heimat. Aber ihre Eltern waren inzwischen gestorben, und so blieb es das einzige Mal, daß sie wieder in ihre Heimat kam.

Bei der Frau Ökonomierat, die mit der Zeit immer grilliger wurde, stand Miele allem bis ins geringste vor.

Im fünfzehnten Jahr von Mieles Dienst fing es an, mit der Frau Ökonomierat zu Ende zu gehen. Schon ein paar Jahre war sie ziemlich hinfällig gewesen. In rauher Frühjahrszeit erkältete sie sich gelegentlich und wurde bettlägerig. Der Arzt, der gerufen wurde, wußte weiter nichts Bestimmtes zu sagen. Doch bereitete er Miele auf alles vor.

Miele wurde sehr wunderlich zumute. Sie hatte sich so mit ihrer alten Frau Ökonomierat zusammengelebt, daß sie nie daran gedacht hatte, daß es mit ihr doch auch einmal zu Ende gehen mußte. Miele hatte übrigens auch noch nicht das mindeste für ihre Zukunft bedacht. Sie wußte noch nicht mal, wie viel Geld sie liegen hatte, und wußte tatsächlich, wenn sie daran dachte, nur von ihrem Lohn. Nicht ein einziges Mal hatte sie mit der Frau Ökonomierat davon gesprochen. Diese war freilich in den letzten Jahren so gut wie unzurechnungsfähig gewesen. Sie hatte nur instinktiv wie eine Elster mit einem eifrigen, halb spielerischen Interesse das Stickgeld weggeschlossen, wohl ohne dabei etwas zu denken und zu überlegen.

Es wurde nun mit der Frau Ökonomierat einen Monat lang wieder besser. Sie konnte noch einmal aufstehen, in der Wohnung umherhumpeln und in ihrem Sessel am Fenster sitzen, hatte sogar wieder einen Anfall ihrer gnatzigen Laune bekommen, was immer ein gutes Zeichen gewesen war.

Aber dann gelangte die Altersschwäche doch zu ihrem Sieg, und diesmal sollte es wirklich zu Ende gehen.

Es wurde noch eine schwere Zeit für Miele. Tag und Nacht mußte sie bei ihrer Herrin sein und beständig bei ihr wachen und auf sie aufpassen. Schließlich hatte Miele fast zwei Wochen hindurch kaum ein Auge zugetan und war bis zum Zusammensinken erschöpft.

Es war eine fröstelnd kalte Nacht, in der ein heftiger Landregen trübselig gegen die Fensterscheiben prasselte. Mutterseelenallein, fröstelnd und zitternd saß Miele beim Schein eines trüben, verhängten Lämpchens am Bette der Frau Ökonomierat. Es war schon weit nach Mitternacht, als diese mit Stöhnen und Ächzen aufhörte und endlich in Schlaf sank.

Aber nun war Miele erst ganz allein. Bis dahin hatte sie wenigstens mit dem Brummen und Stöhnen ihrer Herrin ein paar lebendige Laute in ihrer Nähe gehabt.

Noch ein halbes Stündchen hielt Miele sich. Dann aber beutelte die Kälte sie dermaßen, daß sie's nicht mehr aushielt. So kam sie auf den Einfall, in das mächtige, zweischläfrige Bettgebäude zu kriechen, so wie sie war, in ihren Kleidern, und ein paar Stunden in dem warmen Bett zu schlafen und sich zu erholen.

Im trüben Zwielichtsgrauen aber schreckte sie plötzlich in die Höhe.

Ihr hatte lebhaft geträumt, sie hätte einen Eisklumpen berührt. Und wie sie sich aufraffte und in ihrer Schlaftrunkenheit und ihrem Schreck um sich herumtastete, fühlte sie wirklich etwas Eiskaltes. – Die gute Frau Ökonomierat lag starr und steif neben ihr und war tot.

Miele fuhr vor Schreck aus dem Bett heraus und beugte sich über ihre Herrin. Sie lauschte, behorchte sie, das Ohr an ihre Brust gelegt, betastete sie und fühlte nach ihrem Herzen und ihrem Pulse.

Aber sie war tot. Starr und tot.

Da brach Miele, wohl zum erstenmal in ihrem Leben, in ein heftiges Weinen aus. Aber dann beugte sie sich wieder über ihre Herrin, drückte ihr langsam die Augen zu und sprach fromm ein Gebet.

Am Vormittag besorgte Miele mit ihrer gewohnten Umsicht alles, was vonnöten war. Vor allem telegraphierte sie auch gleich an die Kinder der Frau Ökonomierat.

Wer als der erste, und zwar noch an demselben Nachmittag, kam, war der Jenenser Doktor, der sich dann den ganzen Tag über in der Wohnung zu schaffen machte. – Er fand denn auch allerlei, was ihm recht erwünscht war.

Den Lohn zwar, der Miele zukam, händigte er ihr ein. Die Frau Ökonomierat hatte ihn in eine besondere Schachtel getan mit einem geschriebenen Vermerk, daß er Miele zu eigen gehöre. Es waren etwa tausend Mark. – Miele war wie aus den Wolken gefallen, als sie eine so große Geldsumme in Händen hielt, die wirklich ganz ihr eigen war.

Das Geld aber, das sie mit der Stickerei in diesen fünfzehn Jahren verdient hatte – und das war eine Summe von nahezu viertausend Mark – hatte die gute Frau Ökonomierat leider besonders gelegt, und sie hatte außerdem später vergessen, einen ausdrücklichen geschriebenen Vermerk dazuzulegen. Also ging Miele diese ganze Summe auf Nichtwiedersehn durch die Lappen.

Aber Miele, die, trotzdem sie nun auch schon in ihr reifes Alter eingetreten war, immer noch nichts von Geld und Geldeswert verstand, empfand diesen Verlust nicht einmal. Die tausend Mark, die sie jetzt hatte, erschienen ihr als eine so mächtige Summe, daß sie es für sündlich gehalten hätte, wenn sie auch noch mehr Geld hätte haben sollen.

Am andern Tag stellten sich auch die anderen Kinder ein. Die Frau Ökonomierat wurde standesgemäß beerdigt, und die gute Miele weinte ihr herzliche Tränen nach.

Als dann das Testament geöffnet wurde, fand sich, daß die Frau Ökonomierat übersehen hatte, ihr, ihrer früheren Zusage gemäß, etwas auszusetzen. Aber Miele wußte ja ebensowenig wie mit Geld mit Testamenten Bescheid. Und jene Zusage ihrer Herrin hatte sie in all diesen Jahren schon längst wieder vergessen.

Die Möbel und allerlei sonstige Gegenstände in der Wohnung wurden zum Verkauf annonciert, der sich über einen Monat hinzog. So lange mußte Miele, die dafür von dem ältesten Sohne der Frau Ökonomierat fünfzig Mark bekommen hatte, in der Wohnung bleiben.

Aber es konnte nicht fehlen, daß sie Glück hatte. Man wußte im Viertel von ihrer Kunstfertigkeit im Sticken und auch von ihren sonstigen Fähigkeiten.

Noch ehe der Monat vergangen war, hatte sie schon eine neue Stellung. Wieder bei einer älteren Dame, die auch schon die Siebziger angetreten hatte. Das war eine sehr reiche und vornehme Dame. Ihr diente Miele bis zu ihrem Tode, und das waren auch wieder acht Jahre. Diesmal aber war ihr wirklich für treu geleistete Dienste eine Summe vermacht, die wohl ausreichen mochte, um Miele vor einem Alter in Armut zu bewahren, wenn sie hinzutat, was sie sich in diesen Jahren wieder mit ihrer Kunststickerei verdient hatte.